Der Ministerpräsident

Joachim Zelter

Der Ministerpräsident

Ein Roman

KLÖPFER&MEYER

The cess of majesty
Dies not alone, but like a gulf doth draw
What's near it with it. Or it is a massy wheel
Fix'd on the summit of the highest mount,
To whose huge spokes ten thousand lesser things
Are mortis'd and adjoin'd, which when it falls,
Each small annexment, petty consequence,
Attends the boist'rous ruin. Never alone
Did the King sigh, but with a general groan.

William Shakespeare,
Hamlet

Der Tod eines Königs ist nicht der Tod eines
einzigen, sondern zieht, wie ein Strudel, alles,
was ihm nahe kommt, mit sich. Er ist wie ein
Rad, das vom Gipfel des höchsten Bergs herunter-
gewälzt, unter seinen ungeheuren Speichen
tausend kleinere Dinge zertrümmert. Ein König
seufzt nie allein; wenn er leidet, leiden alle.

William Shakespeare,
Hamlet

Was ein Sonntag ist? Wollte ich wissen. Denn heute war Sonntag. Das sagte mir die Ärztin. Also fragte ich sie, was das sei, ein Sonntag? Und sie antwortete: Ein Sonntag ist ein Tag. Ein Tag neben anderen Tagen. Es gibt nicht nur einen, sondern viele Tage. Heute ein Tag, morgen ein Tag, übermorgen ein Tag … Das war einleuchtend.

Ich wollte eine Zahl wissen, eine grobe Zahl, wie viele Tage es ungefähr geben könnte: 300 Tage, 600 Tage, 1000 Tage? Nein, sagte die Ärztin, es sind sieben Tage. Nur sieben Tage? Das war wenig. Sie fragte, ob ich einige dieser Tage kennen würde? Nein, ich kannte keinen dieser Tage. Sie nannte zum Beispiel den Sonntag. Das sei ein Tag, sagte sie. Ob mir vielleicht andere Tage einfielen? Und ich sagte Mondtag. Das war ein Tag, der mir einfiel. Und sie sagte: Ja, fast richtig, Montag, ohne Mond, und sie nannte weitere Tage, Dienstag, Mittwoch, und ich nannte ihr die restlichen Tage, Donnerstag und Freitag und Samstag, und sie war glücklich.

Sieben Tage, vier Jahreszeiten, zehn Finger, zwölf Monate, neunundzwanzig Buchstaben und zahlreiche andere

Zahlen, die ich kannte. Zum Beispiel mein Geburtsdatum. Oder die Geheimnummern meiner Scheckkarten. Oder einige Telefonnummern. Die Ärztin fragte nach diesen Nummern, und ich nannte ihr die Nummern in rasender Geschwindigkeit, und das überraschte sie.

Sie blieb bei mir und sprach von Lücken.

Lücken?

Jawohl, Lücken.

Welche Lücken?

Sie meinte Lücken in meinem Kopf. Namenslücken, Freundeslücken, Familienlücken, Berufslücken, Landschaftslücken, Erinnerungslücken, Wortlücken und andere Lücken … Sie setzte sich auf einen Stuhl und fand immer weitere Lücken. Ich fragte sie, was das sei, eine Lücke? Sie antwortete: Eine Lücke sei etwas, das nicht mehr ist, wo vorher etwas war. Vielleicht ist bei einer Lücke aber auch etwas nicht da, wo vorher auch nichts da war. Wie will man das wissen? Sie sagte nichts.

Ich sollte ihr nachsprechen. Oder mit ihr sprechen. Oder angefangene Wörter weitersprechen. Die Unterschiede zwischen einzelnen Buchstaben mit meiner Zunge spüren, zum Beispiel den Unterschied zwischen den Buchstaben D und T. T nicht wie D sprechen, D nicht wie T sprechen. Nicht Tuten, sondern Duden. Nicht Busen, sondern Blusen. Sie trug weiße Blusen. Wunderschöne Blusen.

Herr März kam. So nannte er sich: März. Julius März.

März wie Januar, Februar, März. Er kannte mich. Er kannte mich mit einer Vehemenz, die mich beeindruckte. Er fragte gar nicht: Ob auch ich ihn kenne? Es gab für ihn keinen Zweifel, dass ich ihn kenne. Schon seit Jahren. So sah er jedenfalls aus. Als würde oder müsse man ihn schon lange kennen. Er sprach lautstark. In mein Bett hinein. Und über mein Bett hinweg: Was ich für Sachen machen würde? Heijeijei. Was mit meinem Gesicht sei? Heijeijei. Ich hörte von einer Lähmung. Einer Lähmung meiner rechten Gesichtshälfte. So erklärte ihm das die Ärztin. Das rechte Auge schließe nicht ganz. Dafür reagierten die Pupillen. Bei einer immer noch starren Mimik. Und mein Mund sei noch ein wenig schief. Doch das werde wieder. Hörte ich sie sagen. Und März antwortete: Hoffentlich. Er verabschiedete sich. Drückte meine Hand. Mit beiden Händen drückte er meine Hand. Und er sagte: Du. Nicht Sie, sondern Du. Dann ging er.

Kein Radio, kein Fernsehapparat. Dass das nicht gut sei, sagte die Ärztin, ein Radio, ein Fernseher an meinem Bett. Jedenfalls nicht jetzt. Dass mich das aufregen und erschrecken könnte. Dafür Blumen, in allen Farben und Variationen. Verbunden mit Grüßen und den besten Wünschen von zahllosen Menschen.

Sie, die Ärztin, reichte mir ein Notizheft, in das ich schreiben sollte. Zum Beispiel meinen Namen, Claus Ursprung. Ich konnte den Namen auf Anhieb schreiben. Obgleich der Name seltsam klang. Wie aus einem Traum.

Claus Urspring. Und ich konnte den Namen auch lesen. Doktor Claus Urspring. Was die Ärztin erfreute. Sie freute sich auch über meine Schrift. Sie sagte, das sei eine sehr flüssige und schöne Schrift. Ich fragte sie nach ihrem Namen, und sie antwortete: Doktor Wolkenbauer. Und ich schrieb den Namen ins Notizheft.

Alles, was mir einfiel, sollte ich aufschreiben. Was ich wusste und was ich nicht wusste. Was ich wissen wollte oder auch nicht wissen wollte. Was ich verstand oder nicht verstand. All das sollte ich aufschreiben. Selbst über den Schnee sollte ich schreiben. Ich wünsche mir einige Zeilen von Ihnen über den Schnee, sagte sie. Schreiben Sie Erinnerungen, Szenen, Bilder, Überlegungen zum Schnee.

Schnee?

Jawohl, Schnee.

Oft verstand ich sie nicht. Sie sagte dann: Falls ich etwas nicht verstehen würde, dann sei das nicht schlimm. Ich solle dann einfach einen Strich in mein Heft machen. Auf die rechte Seite. In eine Spalte mit der Überschrift: *Verstehe ich nicht*. Und so machte ich Strich auf Strich. *Verstehe ich nicht*. Zum Beispiel als sie über das Wort Doktor in meinem Namen sprach. Doktor Urspring. Dass das kein Vorname sei, Doktor, sondern ein Titel, eine Anrede, ein Rang. Das sei ein Doktor. Sie sei Doktor und ich sei Doktor, aber die Pflegerin, sie sei kein Doktor – was ich nicht verstand. Warum sollte sie kein

Doktor sein? Warum nicht? Trotzdem nickte ich. Bis Frau Doktor Wolkenbauer mir das Notizheft aus der Hand nahm und all die Striche sah, die ich gemacht hatte: *Verstehe ich nicht.* Warum ich dann trotzdem die ganze Zeit genickt hätte? Wenn ich sie gar nicht verstehen würde. Um ihr eine Freude zu machen, antwortete ich.

Dass ich einen Autounfall gehabt hatte. Dass dabei einiges passiert sei, insbesondere in meinem Kopf und mit meinem Gedächtnis. Dass ich zehn Tage im Koma gelegen hätte. Dass ich erst seit Kurzem wieder wach sei. Dass alle Welt bestürzt und besorgt gewesen sei – und ohne Worte. Wegen meines Unfalls.

Unfall?

Jawohl, Unfall.

Doch ich verstand nicht Unfall, sondern Umfall, und ich fragte März, was das bedeute, ein Umfall? Und März lächelte und sagte: Dass das kein Umfall gewesen sei, den ich hatte, sondern ein Unfall. Das sei ein Unterschied. Er beäugte die Infusionsflasche und blätterte in Akten. So nannte er die Papiere auf seinem Schoß. Akten. Er grüßte. Er grüßte von Mitarbeitern und Freunden. Er grüßte von seiner Frau und von zahllosen Namen. Er grüßte mit zählenden Fingern. Er grüßte, bis ich müde wurde.

Ein Blumenstrauß stand auf meinem Nachttisch. Auf einem anderen Tisch standen weitere Blumensträuße. Blumenstrauß neben Blumenstrauß. Nie sah ich so viele Blumensträuße. Während März telefonierte: Dass es mir täglich besser gehe. Dass mein Zahlengedächtnis sehr zufriedenstellend sei. Angesichts der Schwere des Unfalls. Dass ich zum Beispiel die Nummern meiner Scheckkarten kennen würde. Dass ich die Blumen auf meinem Nachttisch riechen könne. Dass das ein gutes Zeichen sei, habe ihm die Ärztin versichert. Dass ich immer deutlicher sprechen würde. Nur hin und wieder verwechselt er noch Namen und Zeiten und Gesichter. Doch das wird wieder. So März.

Er wich nicht von meiner Seite. Ob er mir etwas bringen dürfe? Etwas zu trinken? Oder sonst irgendetwas? Ich verneinte. Er saß bedächtig auf einem Stuhl und beobachtete alle im Raume befindlichen Apparaturen. Zum Beispiel die Anschlüsse über meinem Bett: *Sauerstoff. Vakuum. Druckluft.* Er berührte die Anschlüsse mit seinen Fingern – ehrfurchtsvoll. Oder er lief durch das Zimmer und zählte Blumensträuße. Siebzehn Blumensträuße. Allein nur in meinem Zimmer. Und weitere Blumensträuße standen oder warteten vor dem Zimmer. Er zählte nicht nur Blumensträuße, sondern auch Infusionsflaschen. Drei verschiedene Infusionen, die mir zugeführt wurden. Und er erzählte mir, dass gleich nach dem Unfall acht verschiedene Schläuche in mir gewesen waren: Beatmungsschlauch, Magensondenschlauch, Katheterschlauch, Drainageschlauch und vier Infusionsschläuche.

Und er erzählte mir von Mitpatienten, die er, März, in der Klinik gesehen hatte, alles nette und respektable

Patienten: Schauspieler, Bankiers, Universitätsprofessoren … Auch ein Fußballspieler. Selbst Patienten aus Amerika. Mancher Patient ließ grüßen. Und ich grüßte zurück. Wer immer dieser oder jener Patient, der mich grüßte, auch sein mochte. Ich grüßte zurück. Über manche Patienten, die März gesehen hatte, sprach er flüsternd: Auch so ein …

Wie bitte?

Auch so ein …

Auch so ein wer?

Auch so ein (geduckt gesprochen) Versehrter. Fast jeder Patient, von dem er sprach, war ein Auch. Auch so ein Fall. Auch so eine Sache. Auch so ein Unglück.

Und er zählte wieder Blumensträuße. Mehr als zwanzig Blumensträuße, die nun in meinem Zimmer standen. Er behandelte diese Blumen wie überfällige Gaben. Na also, sagte März, wenn ein neuer Blumenstrauß hereingetragen wurde. Na also. Als ob es höchste Zeit wäre. Und er sprach erneut ein Auch: Auch gut, wenn eine Topfpflanze hereingebracht wurde. Oder: Auch so ein Fall. Wenn der Hubschrauber neue Patienten in die Klinik brachte. Oder er sagte: Oder. Es geht doch, oder? Oder er sagte *denn*. Geht es *denn*? Danke ja, es ging *denn*. Oder wenn nicht *denn*, dann *bereits* oder *schon* …

Denn, bereits, schon – fragte er die Ärztin. Er wolle nicht beunruhigen. Doch es müssten einige Akten verlesen werden. Und Unterschriften geleistet werden. Nur ganz wenige, jedoch sehr wichtige Unterschriften. Unterschriften von einiger Tragweite. Doch Frau Wolkenbauer verbot das, und Julius März packte die Akten wieder zusammen. Für einige Zeit wirkte er devot. Er half den Schwestern beim Abräumen des Essens. Mit leichten Verbeugungen stand er auf und öffnete ihnen die Tür. Deutete federnden Schrittes an, wie gesund er ist. Und er lobte. Er lobte die Ärzte, er lobte die Pfleger, er lobte die Klinik. Heiligenberg. Er sagte: Das sei eine sehr gute Klinik. In nicht wenigen Fachbereichen sei die Klinik führend. Patienten aus aller Welt seien hier. Auf einem Korridor habe er sogar arabische Stimmen gehört. Und er las mir aus dem Klinikprospekt einige Sätze vor: Heiligenberg. Traumatologisches Schwerpunktkrankenhaus der Maximalversorgung. Fast ein wenig schwärmerisch sagte er das. Maximalversorgung. Mitten im Hochschwarzwald. Er zeigte mir den Prospekt. Damit ich eine Ahnung bekomme, wo ich überhaupt war. Nicht irgendwo, sondern in Heiligenberg. Ich blätterte in dem Prospekt und betrachtete die Fotos. Das Klinikum hoch erhoben im Schwarzwald. Unten im Tal liegt Nebel. Die Klinik aber steht in der aufgehenden Sonne. Ein Hubschrauber fliegt auf sie zu. *Willkommen*.

Er fragte einen Pfleger, ob er stolz sei? Stolz? Worauf? fragte der Pfleger, und März deutete auf mich. Ob er, der Pfleger, nicht ein wenig stolz sei, mich behandeln zu dürfen. Claus Ursprung. Der Pfleger nickte. Als er gegangen

16

war, holte März erneut Akten hervor, die er mir vorlegte. Nur ein kurzer Blick, sagte er. Nur ein Blick. Ein leichtes Nicken, ein oder zwei Wörter, die ich vielleicht zu einem Vorgang im Groben sagen könnte – nicht mehr.

Als Frau Wolkenbauer den Raum betrat, erklärte er ihr, dass das nur ein ganz kurzer Blick gewesen sei, den ich in eine Akte geworfen hatte, nur ein flüchtiger Blick, nicht mehr, erklärte er ihr, die sich entschieden gegen jedes weitere Aktenstudium verwahrte. Zumindest kein Aktenstudium in meinem gegenwärtigen Zustand. Einstweilen versteckte März die Akten in meinem Kulturbeutel. Wenn wir uns allein glaubten, dann holte er sie wieder hervor, um mir die Akten zu zeigen. Er las mir aus den Akten vor, und ich nickte – zustimmend. Oder nachdenklich, wenn auch er nachdenklich nickte.

Dass er nicht drängen wolle, so März zu Frau Wolkenbauer, dass er vielmehr abschätzen wolle, wie viele Wochen die weitere Genesung noch dauern werde? Nicht Wochen, sondern Monate, antwortete Frau Wolkenbauer. Monate. Und März schwieg. Und er fragte sie, welcher Art meine Einschränkungen denn seien? Kognitive Einschränkungen, neurologische Einschränkungen und motorische Einschränkungen, erklärte Frau Wolkenbauer. Hinzu kam noch eine Einschränkung meines Gangs. Ein Hinken, das sich gezeigt habe. Julius März hatte es selbst bemerkt, als wir einige Schritte auf dem Flur gegangen waren. Aber du hinkst ja, hatte er gesagt und das den Ärzten gemeldet. Also auch noch ein Hinken. Auch das noch, sagte März.

Er saß am Telefon und sagte: Ich sei auf dem Weg der Besserung. Es würden noch Untersuchungen durchgeführt. Er sehe diesen Untersuchungen mit Zuversicht entgegen. Mein Zahlengedächtnis sei schon wieder so gut wie früher. Er kennt PIN-Nummern, Telefonnummern und Postleitzahlen. Auch Geburtstage. Und historische Jahreszahlen. Er spricht ganze Sätze. Er weiß, dass er Ministerpräsident ist, und er will es auch bleiben. Sagte März. Er sagte auch, dass ich in vielen Dingen schon wieder ganz der Alte sei. Claus Urspring, wie man ihn kennt. Und auch zu mir sagte er, dass ich schon fast wieder der Alte sei. Claus Urspring. Wie er leibt und lebt.

Er ließ Frau Wolkenbauer wissen, dass in zwei Wochen ein Termin sei. Was für ein Termin? fragte Frau Wolkenbauer. Ein politischer Termin, so März. Frau Wolkenbauer lehnte das ausdrücklich ab, und März beschwichtigte, dass ich die Klinik deshalb nicht zu verlassen brauchte. Es wäre nur hilfreich, wenn ich ein paar Worte sprechen würde, zu einigen Delegierten, so März, Delegierte des Landesparteitags. Man sei in Sorge um mich, und ein paar wenige Worte von mir wären äußerst wichtig. Nur ein paar wenige allgemeine Worte, als Videoaufzeichnung gesprochen, was Frau Wolkenbauer ebenfalls ablehnte. Nicht in meinem gegenwärtigen Zustand. März meinte persönliche Worte, keine politischen

Worte, was Frau Wolkenbauer trotzdem verweigerte. Weshalb März vorschlug, wenn schon kein Grußwort, dann vielleicht eine Filmeinspielung, wie ich einige Meter im Klinikpark laufe: erste Gehbilder fortschreitender Genesung. Genau das, was man von einer Genesung erwarte. Oder, statt eines Grußwortes, ein einzelnes Grußbild: nicht im Krankenbett, nicht im Pyjama, auch nicht im Bademantel, sondern im Trainingsanzug auf einem Stuhl sitzend. Ein leichtes Winken. Wie zum Gruß.

Eine Frau kam ins Zimmer. Sie sagte: Ich will zu meinem Mann. Sie sagte das zu Frau Wolkenbauer, die mir gerade Blut abnahm, und sie sagte das auch zu mir: Ich will zu meinem Mann. Und sie schaute mich an, als könnte ich ihr vielleicht weiterhelfen. Mein Mann. Also suchte ich mit ihr, nach ihrem Mann. Zumindest suchte ich mit meinen Augen. Ob er vielleicht irgendwo in der Nähe sein könnte. Oder draußen im Gang war. Doch sie ging nicht nach draußen, sondern blieb bei mir. Sie sagte: Die Bettdecke meines Mannes. Sie sei viel zu dünn. Und sie meinte *meine* Decke, die der Pfleger bitte wechseln solle. Oder die Infusionsflasche. Sie sei fast leer. Und in der Tat: Sie war fast leer. Und es war *meine* Infusionsflasche, nicht die Infusionsflasche eines anderen. Wenn Sie bitte danach schauen würden, sagte sie. Und der Pfleger schaute danach, und er schaute nach mir, als wäre ich in der Tat ihr Mann.

Wenn sie Mann sagte, dann schnürte sie ihren Bauch zusammen und betonte jeden einzelnen Buchstaben. Mein Mann. Vorher machte sie eine kleine Pause. Um Luft zu holen oder Anlauf zu nehmen, um das zu sagen: mein Mann.

Sie stand wie in einem Fundbüro. Als wollte sie einen Koffer abholen. Mein Mann. Oder sie saß stumm auf einem Stuhl. Ich bin auch noch da. So saß sie vor mir. Ich bin auch noch da. Sie fragte: Woran ich denke? Was mit mir sei? Warum ich nichts sage? Warum ich nicht zuhöre? Warum ich sie nicht anschaue? Warum ich mich verstecke? Warum ich ihren Namen nicht spreche? Warum ich sie nicht berühre? Und sie nichts frage? Und sie nicht an-lächle? Oder streichle?

März kam mir zur Hilfe. Er beruhigte sie und führte sie aus dem Zimmer. Später kam er zu mir zurück und sagte: Das werde wieder. Sie, meine Frau, sei nur ein wenig verstört. Verstört infolge meines Unfalls. Verstört wegen meines Zustandes nach dem Unfall. Verstört darüber, dass ich sie nicht mehr kenne. Oder kennen wolle? So viele Zahlen und Namen, die ich auf Anhieb kennen würde, Kontonummern und Telefonnummern, ja sogar die Telefonnummer meiner Frau, die ich ihr aufgesagt hatte – nur meine Frau selbst würde ich nicht mehr kennen. Das sei sehr schade.

Doch das werde wieder, so März.

Wer sie ist? Woher sie kommt? Seit wann wir verheiratet sind? Warum ich überhaupt verheiratet bin? Der Gedanke war mir fern. Verheiratet zu sein. Eine Frau zu haben. Oder von einer Frau gehabt zu werden. Ob das überhaupt notwendig sei? fragte ich März. Er antwortete: Nicht unbedingt notwendig, aber hilfreich, aus zahllosen Gründen. Auch aus politischen Gründen. Nicht zuletzt wegen des bevorstehenden Wahlkampfs. Es sei gut und richtig, wenn ein Ministerpräsident eine Frau habe.

Man könnte genauso gut etwas anderes haben, dachte ich: Einen Hund. Ein Pferd. Oder ein Fahrrad … Oder Kinder. Und ich fragte März nach Kindern: Ob ich Kinder habe? Und er sagte: Nein. Und ich fragte: Ob meine Frau bei dem Unfall dabei gewesen sei? Und er sagte nein. Ob bei dem Unfall irgendjemand zu Schaden gekommen sei? Aber nein, so seine Antwort: Niemand sei bei dem Unfall zu Schaden gekommen, außer mir.

März schlug vor, erst einmal andere Fragen anzugehen, zum Beispiel die Frage meines Kabinetts. Er legte mir eine Liste vor. Mein Kabinett. Was ein Kabinett ist? Es ist ein Beraterkreis. Ob ich das Wort Kabinett schon einmal gehört hätte? Es rief eine entfernte Erinnerung hervor. Eine Erinnerung an sonderbare Gestalten aus meiner Schulzeit. Daran erinnerte mich das, das Wort Kabinett. Mir kam das Wort Rarität in den Sinn. Rarität und Kabinett. Ein Raritätenkabinett. Doch März sagte: Mein Kabinett sei kein Raritätenkabinett, sondern ein Ministerkabinett. Er legte mir eine Liste mit Namen vor,

die ich lernen sollte: elf Minister in zehn Ministerien.
Und ich fragte: Warum nicht elf Minister für elf Ministerien? Und März antworte: Weil es einen Minister ohne
ein eigenes Ministerium gibt. Und ich fragte: Ob das
nicht traurig sei? Ein Minister, der gar kein eigenes Ministerium hat. Und März winkte ab und sagte: Das sei
nun einmal so. Das sei ein weites Feld.

Er zeigte mir Fotos. Ob mir manche Gesichter etwas
sagen würden? Nein. Zum Beispiel der Finanzminister?
Leider nein. Oder der Minister für Ernährung und Ländlichen Raum? Nein. Die Fotos sagten mir nichts. Oder
sie sagten etwas anderes als das, was März hören wollte.
Zum Beispiel der Minister für Wissenschaft, Forschung
und Kunst. Er sah aus wie ein armes, überladenes Esel-
chen. So sah er aus. Doch März sagte, es sei nicht we-
sentlich, wie er aussehe. Wichtig sei, dass er Minister sei,
Minister für Wissenschaft, Forschung und Kunst. Ein
anderer Minister sah aus wie ein alter Klassenkamerad
von mir. Ein Schulfreund namens Gernold Strobel. So
beherzt blickte mich dieser Minister an. Wie Gernold
Strobel. Eifrig, zuvorkommend und zu allem bereit. Doch
war dies nicht Gernold Strobel, sondern der Minister für
Kultus, Jugend und Sport.

Es glich dem Vokabellernen in der Schule: die Namen
der Ministerien, die ich lernte, und die Namen der Minister, die ich ebenfalls lernte, wie auch die dazugehörigen
Gesichter. Jeder Minister hatte Eigenschaften, die März

mir nannte: Finanzminister – bockig; Wirtschaftsminister – willig; Kultusminister – eifrig; Justizminister – rechthaberisch. März malte mit roter Tinte Ausrufezeichen. Vorsicht! Justizminister! Vorsicht! Schwierig! Wie Warnschilder auf einer Straße. Und er deutete mit einem langen Stift auf das Wort Staatsministerium. Was dieses Ministerium sei? Was dieses Ministerium bedeutc? Was dieses Ministerium mache? Es plane, es koordiniere, es regiere, es empfehle, es helfe, es berate: den Regierungschef, den Landesvater, den Ministerpräsidenten – einen Menschen wie mich.

All das machte mich müde. Ich betrachtete viel lieber Bildbände von Landschaften. Zum Beispiel den Bodensee. Oder den Rhein. Ich betrachtete wunderschöne Mädchen, die von einem Boot ins Wasser springen. Mit fliegenden Haaren und nassen Badeanzügen. Ich wollte viel lieber diese Bilder sehen statt Ministerbilder. Auch Frau Wolkenbauer war gegen die Ministerbilder. Sie seien gegen jede Abmachung. Sie störten den Therapieverlauf. Also nahm sich März zurück und versteckte die Kabinettslisten und Ministerbilder unter meiner Bettdecke. Wenn er sich unbeaufsichtigt glaubte, dann holte er sie wieder hervor und fragte mich ab.

Ein Arzt trat an mein Bett. Ich hatte ihn bislang noch nicht gesehen. Er sagte: Wenn Sie bitte Ihr Bein freimachen würden, Herr Ministerpräsident. Dann untersuchte er mein Bein. Ob das schmerzhaft sei? Er überprüfte die

Innen- und Außenrotation der Hüfte. Er bat mich aufzustehen. Ich sollte einige Schritte gehen. Dabei beäugte er meinen Gang – kommentarlos. Oder auch nicht kommentarlos. Er sagte einige Worte zu Frau Wolkenbauer. Und auch zu März. Auch das noch, sagte März. Und ich hätte ihn gerne gefragt: Was denn sonst noch? Doch März hatte nur noch Ohren für den Arzt, der mehr zu März sprach als zu mir. Er veranlasste eine zusätzliche Röntgenuntersuchung: eine Untersuchung der rechten Hüfte. Um ganz sicher zu gehen. Wegen meines schiefen Gangs. Wahrscheinlich eine Nebenverletzung im Gefüge all der anderen Verletzungen. So der Arzt.

Als er später die Röntgenbilder mit Frau Wolkenbauer an meinem Bett besprach, war die Rede von einer Veränderung. Wo? Hier. Eine Veränderung des Hüftkopfes. Diagnostisch eindeutig. Er habe sich die Aufnahmen immer wieder angeschaut, die Röntgenbilder auf dem zentralen Klinikcomputer noch einmal vergrößert. Man sollte das im Auge behalten. Womöglich eine Durchblutungsstörung des Hüftkopfes. Infolge einer partiellen Fraktur. Und er veranlasste weitere Untersuchungen, eine MRT-Untersuchung. Eine solche Untersuchung könnte weitere Aufschlüsse geben. März wirkte besorgt. Was das bedeute, eine Durchblutungsstörung des Hüftkopfes? Ob das eine ernstere Sache sei? Oder nur vorübergehend? Der Arzt reagierte ausweichend. Man müsse die weiteren Untersuchungen abwarten. Und er ging.

Einstweilen erlaubte Frau Wolkenbauer, vielleicht um März zu beruhigen, eine kurze Rundfunkansprache, die ich von meinem Bett aus sprechen durfte. Nur ein, zwei Minuten. Ein paar wenige Sätze. Nicht mehr.

Eine Frau kam zu mir. Sie sagte, sie sei Konferenz- und Tontechnikerin. Sowie Redenschneiderin. Redenschreiberin? Nein, sagte sie, nicht Redenschreiberin, sondern *Redenschneiderin*. Sie schneide Reden. Das sei ein Unterschied. Oder auch nicht. Je nachdem. März habe sie kommen lassen. Um mit mir einige erste Aufzeichnungen zu machen. Für die Rundfunkansprache. Vielleicht auch für eine kurze Fernsehansprache mit Standbild. Das werde sich noch erweisen. Sie breitete Kabel und Mikrophone aus und bereitete ihr Aufnahmegerät vor. Sie hielt mir ein Mikrophon entgegen und sagte: Ich solle etwas sprechen. Irgendetwas sprechen, für eine erste Tonaufnahme. Mir fiel nichts ein. Sie sagte, es sei völlig belanglos, was ich sprechen würde, ich solle nur irgendetwas sprechen. Sie werde das Gesprochene später ohnehin bearbeiten und neu zusammensetzen. Das sei Tontechnik. Bearbeiten, glätten, dämpfen. Aus einzelnen Wörtern flüssige Sätze formen. Es handle sich nur um eine erste Klangprobe. Bitte sprechen Sie. Also fing ich an zu sprechen: Ich heiße Claus Urspring ... Ich hatte einen Unfall ... Ich weiß, dass ich Ministerpräsident bin und ich werde es auch bleiben ...

Sie schaute, je länger ich sprach, überrascht auf und fragte: Was mit meiner Aussprache sei?

Meine Aussprache?

Ihr Dialekt. Sie sprechen ohne Dialekt, sagte sie. Und sie berichtete das März, als er zu uns kam. Ich würde fast ohne jeden Dialekt sprechen. März blickte beunruhigt. Ohne Dialekt? Doch sie sagte, ihr gefalle das. Woraufhin März sie fragte, was sie damit meine? Sie meinte meinen schwäbischen Dialekt. Er sei kaum mehr hörbar. Jedenfalls viel schwächer als früher. März wirkte irritiert. Ihm war das noch gar nicht aufgefallen angesichts all der anderen Sorgen und Probleme. Nun auch noch ein Problem mit dem Dialekt. Ich sollte etwas sprechen. Und er stimmte ihr zu: so gut wie kein Dialekt. Und er bat mich, bitte mit Dialekt zu sprechen, so wie ich früher einmal gesprochen hatte. Wenigstens zur Probe. Ich hatte keine Ahnung, wie ich früher gesprochen hatte. Anscheinend Schwäbisch.

März ging hinaus und telefonierte. Während die Tontechnikerin sagte: Ihr gefalle mein neuer Sprachduktus. Er gefalle ihr besser als der alte. Was das für ein neuer Sprachduktus sei? fragte ich, und sie antwortete: Es sei fast Hochdeutsch. Akzentfreies Hochdeutsch.

Ich heiße Hannah, und sie reichte ihre Hand. Vielleicht reichte sie mir ihre Hand, weil ihr mein Hochdeutsch so gefiel. Es sei wirklich viel schöner und flüssiger als mein früheres Deutsch. Wie übrigens auch mein

Englisch, das sich deutlich verbessert habe. Ihr zuliebe sprach ich einige Wörter: *One, two, three …* Und sie wirkte überrascht, wenn nicht angetan. Dass dies ein vernehmbares Englisch sei. Obgleich ich kaum wusste, wie sich das anhören sollte, ein vernehmbares Englisch. *One, two, three …* So hörte sich das an. Viel besser, viel treffsicherer als früher, meinte sie. Und dass sich mit der Aussprache des Englischen auch mein Deutsch verbessert habe. Und mit dem Deutschen wiederum mein Englisch. So als hätten beide Sprachen in mir neu zusammengefunden.

Als März wieder hereinkam, brachte er Aufzeichnungen alter Reden von mir. Ich sollte mir das einmal anhören: Landtagsreden, Bundesratsreden, Wahlkampfreden. Wie sich ein schwäbischer Dialekt anhöre? So höre sich das an, ein echtes, reines Schwäbisch. So höre sich das an. Und wir hörten. Hannah blickte gequält, doch März sagte, das sei der Dialekt, den man erwarte, den man von mir kenne: liebenswert und warmherzig, beruhigend und beschwichtigend. Manchmal auch bekräftigend. In kleinen, kurzen, besänftigenden Silben. In aller Bescheidenheit spreche der Dialekt. Von Bierbank zu Bierbank, von Weinkrug zu Weinkrug. Der Dialekt sei Weinberge und Wiesen. Ein Dorffest. Ein redseliges Zusammensein. Von aufrechter Bestimmtheit und liebenswerter Sanftmütigkeit. Das sei mein Dialekt.

Er rief Frau Wolkenbauer. Wie so etwas passieren

könne? fragte er sie. Er verliert seinen Dialekt. Wie sie sich das erklären könne? Den Dialekt zu verlieren. Ob man etwas dagegen tun könne? Frau Wolkenbauer entgegnete: Dass man mich logopädisch umfassend untersucht habe. Dass man keine ernsthaften Sprachstörungen habe feststellen können. Keine sprechmotorischen Beeinträchtigungen bei Silben oder Lauten oder sonstige Beeinträchtigungen. Keine Anzeichen einer Aphasie. Oder Alexie. Doch März ließ nicht ab: Wie so etwas möglich sei? Den Dialekt zu verlieren. Und er ging mit Frau Wolkenbauer auf und ab.

Frau Wolkenbauer: Was an einer hochdeutschen Aussprache auszusetzen sei?

März: Dass das nicht meine Sprache sei.

Frau Wolkenbauer: Dass meine Sprache neurologisch völlig in Ordnung sei.

März: Dass das Schwäbische Teil meines Wesens und Teil meines Amtes sei. Dass die Öffentlichkeit das von mir erwarte.

Frau Wolkenbauer: Dass es medizinisch nicht angezeigt sei, irgendetwas wegen meiner Aussprache zu unternehmen.

März: Dass die Öffentlichkeit perplex auf mein Hochdeutsch reagieren werde.

Frau Wolkenbauer: Dass man das hinnehmen müsse.

März: Ob man vielleicht zusätzlichen medizinischen Rat einholen könne? Weitere Untersuchungen veranlassen könne? Oder Sprechunterricht in die Wege leiten könne?

Frau Wolkenbauer: Aus logopädischer Sicht sei es nicht ratsam, an meiner Aussprache herumzudoktern, eine halbwegs funktionierende, annäherungsweise hochdeutsche Aussprache ins Schwäbische zu wenden. Für sie war das ein phonetischer Wahnwitz.

Und auch Hannah, sie blieb dabei: Mein Deutsch klinge jetzt viel schöner als früher. Früher sei mein Sprechen – sie sprach nun ganz offen – ein Unding gewesen. Ein hölzernes Stakkato. Ein ständiger Fehlklang und Fehltakt. So als wären die Sätze vor sich selbst davongelaufen. Jeder Satz eine Flucht. Oder ein gehetztes Stolpern. Ein rastloses Zuendebringen; in sich überschlagender Unbeholfenheit. So habe das geklungen. Verwaschen, verkrampft und gepresst. Rechthaberisch und kleinlich. Auf jeder Kleinigkeit insistierend. Ein Sprechen, das von Satz zu Satz hastete, ganze Sätze verschluckend, vor lauter rechthaberischer Eile und gehetzter Rechthaberei. So habe das geklungen.

März winkte mit unwirschen Bewegungen ab, doch Hannah blieb dabei. Abgehackt, abgehetzt und überstürzt. Nahezu roboterhaft. Wie ein aufgezogener Blechsoldat. Eine blecherne Apparatur. Für norddeutsche Ohren ein Grauen. Die Bestätigung schlimmster Vorahnungen und Vorurteile. Von wegen Wiesen und Weinberge. Eher wie ein geduckter Mann, der zu einer Straßenbahn hetzt. So habe das geklungen. Sowohl mein Deutsch, und viel schlimmer noch mein Englisch. Als renne hier jemand um sein Leben. In einer furchtbaren Fremde. Ohne Rücksicht auf Worte, die keine Worte mehr seien, sondern nur noch Laute, davonrennende Laute. Als würde ich von keinem Wort der Welt geliebt. So habe das geklungen.

März sagte, dass er mit dem Kabinett und dem Wahlkampfteam über die Frage des Dialekts noch sprechen werde, dass ich meine Rundfunkansprache wenigstens mit den Worten Grüß Gott und Ade umrahmen solle. Um die Bevölkerung nicht allzu sehr zu beunruhigen.

Frau Wolkenbauer sagte: Meine Aussprache, sie sei gut. Sie sei deutlich und artikuliert. Sie sei weniger zu beanstanden als meine frühere Aussprache. Oder als der Zustand meiner Hüfte. Und sie ließ einen Rollstuhl kommen, um mich zu weiteren Untersuchungen zu fahren. MRT – Hüfte, rechts. So stand es auf einem Zettel, der an meinem Rollstuhl hing. Als ich wieder zurückgeschoben wurde, saß März an meinem Bett und fragte: Wie es war? Ob bereits erste Ergebnisse vorlägen? Und Frau Wolkenbauer sagte: Dass das noch dauere. Und sie bat März nach draußen. Da ich nach der Untersuchung Ruhe brauchte. Und März stand auf und grüßte von Hannah. Sie habe mir ihr Aufzeichnungsgerät hinterlassen. Es liege dort drüben auf dem Nachttisch. Die Ansprache. Vielleicht könnte ich schon heute damit anfangen, einige erste Sätze zu sprechen, so März. Was immer mir auf dem Herzen liege: Liebe Mitbürgerinnen, liebe Mitbürger. Grüß Gott. Und Ade. Mehr fiel mir nicht ein.

Frau Wolkenbauer nahm mir das Aufnahmegerät aus der Hand. Sie sagte: Ich solle die Ansprache wenigstens für einige Stunden ruhen lassen. Ich möge mich ausruhen und die Augen schließen und mich erinnern.

Erinnern?

Ja, erinnern.

Woran erinnern?

Zum Beispiel an meine Kindheit. An meine Eltern oder an meine Geschwister. Daran sollte ich mich erinnern.

Ich erinnerte mich an meine Cousine.

Ihre Cousine?

Ja, meine Cousine.

Und Frau Wolkenbauer fragte, ob ich ihr gerne ein wenig von meiner Cousine erzählen würde. Und ich erzählte ihr, dass meine Cousine und ich gleich alt gewesen waren, dass sie einmal als zwölfjähriges Mädchen für längere Zeit zu uns nach Hause gekommen war. Ihre Eltern waren nach Amerika gereist und konnten sie nicht mitnehmen. Eines Tages wurde sie zu uns gebracht, und ihre Eltern reisten weiter – und sie hüpfte in ihrem Nachthemd durch die Zimmer, bis sie allmählich verstummte, in eine Ecke kroch und langsam das Fehlen ihrer Eltern bemerkte. Sie weinte und sie hustete. Später bekam sie Fieber. Wir trugen sie ins Bett und wickelten ihre Waden. Der Arzt, den wir riefen, er war besorgt wegen ihres hohen Fiebers. Ich blieb an ihrem Bett, was dem Arzt missfiel – aber mir gefiel es …

Ich erinnerte mich, wie sie, meine Cousine, vor mir lag, fast ohne Bettdecke. Ich erinnerte mich an ihre Waden, die ich wickelte und dabei streichelte. Ich erinnerte mich an ihre unruhigen Beine und an ihr Nachthemd, das sich immer mehr nach oben rollte. Ich erinnerte mich an Bruchteile von Sekunden: an allererste Anzeichen fraulicher Formen, die ich für Momente sah und über die ich erschrak. Und sie sah, was ich sah, doch ihre Augen lächelten.

Ich erinnerte mich an die Boshaftigkeit, mit der ich sie die folgenden Tage behandelt hatte. Ich nahm ihr das Essen und verschlang es vor ihren Augen. Das machte ihr nichts aus, denn sie war eine schlechte Esserin. Ich steckte ihr meine Hamster unter die Bettdecke und sprach von Ratten. Ich warf mit Legosteinen nach ihr, schüttete Sprudel über ihr Haar, nahm ihr die Bettdecke. Sie hielt diesen Gemeinheiten lange stand, doch eines Tages fing sie an zu weinen, fast unmerklich, mit unverzerrtem Gesicht. Sie saß aufrecht und schaute mich an und weinte. Ihre Tränen tropften auf ihren Hals und verschwanden unter ihrem Nachthemd. Ich dachte … Ich stand … Ich wollte … Sie streckte ihre Hand aus und zog mich zu sich. Wir lagen unbewegt in ihrem Bett. Minutenlang. Ohne ein Wort. Ich stellte mir vor, dass wir an einem See stehen und in fester Umarmung ins Wasser fallen, in die Tiefe sinken und uns so lange küssen, bis unsere Lungen voller Wasser sind …

Erinnerungen.

Später kam ein Arzt aus der Orthopädie mit den Ergebnissen der MRT-Untersuchung der Hüfte. Bei der MRT-Untersuchung habe sich ein orthopädischer Befund ergeben. Hüfte rechts. Der Befund passe zu einer posttraumatischen Osteonekrose des Hüftkopfes.

März, der nun wieder bei mir saß: Was das heiße?

Der Hüftkopf sei nicht ausreichend durchblutet, so der Arzt.

März: Was das bedeute?

Man müsse mich möglicherweise operieren. Das Bein umstellen. Man nenne das Umstellungsosteotomie. Das Bein werde in einen neuen Winkel gestellt. Die Durchblutung und Durchdringung des Hüftkopfes könnte dadurch verbessert werden.

März fragte, wie gravierend eine solche Operation sei? Und der Arzt räumte ein, dass eine solche Operation massiv sei. Man müsse den Hüftkopf komplett umstellen. Es würde nach der Operation einige Zeit dauern, bis ich ohne Gehhilfen wieder laufen könnte … März war außer sich. Der Wahlkampf stehe vor der Tür. Ob er, der Arzt, eine Ahnung habe, was ein solcher Wahlkampf bedeute? Dass der Spitzenkandidat in einem solchen Wahlkampf immerzu gehen müsse, in aller Öffentlichkeit, auf Volksfesten und Marktplätzen. Dass das nicht irgendein Gehen sei, das man in einem Wahlkampf zu sehen wünsche, sondern (je nach Lage) ein Schreiten oder ein energisches Vorankommen oder ein sportliches Eilen: von Termin zu Termin, Bühne zu Bühne, Hubschrauber zu Dienstwagen, Dienstwagen zu Hubschrauber – dass jede Hinfälligkeit hierbei fatal sei, den Wahlkämpfer auf den ersten Blick desavouiere und entlarve. Für die Opposition ein Volksfest der Bemitleidung und Herablassung. Dass ein Wahlkämpfer zwei Dinge jederzeit beherrschen müsse: Sprechen und Gehen …

Und er fügte hinzu: Dass eine solche Operation nicht in Frage komme. Jedenfalls nicht zum jetzigen Zeitpunkt. Nur wenige Wochen vor Beginn des Wahlkampfes. Er rief Frau Wolkenbauer, schilderte ihr die Operationspläne der Chirurgen. Dass er einer solchen Operation nicht zustimmen werde. Was immer sie oder ihre Kollegen auch an Gründen für eine solche Operation vorbringen könnten. Und Frau Wolkenbauer erwiderte, dass diese Operation nur eine allerletzte Option sei, dass man fürs Erste auch abwarten und andere Behandlungsmöglichkeiten ins Auge fassen könne, zum Beispiel Krankengymnastik. Und März sagte: Jawohl, Krankengymnastik. Wenn Sie das bitte veranlassen würden.

Dann sprach März wieder von der Rundfunkansprache. Die Gerüchte über meinen Zustand seien überbordend. Ein oder zwei Worte von mir persönlich wären deshalb äußerst hilfreich. Worte an die Öffentlichkeit. Worte der Genesung und der Dankbarkeit. Dankbarkeit sei das Wort. Und er fügte hinzu: Meine Frau. Stefanie. Sie warte draußen auf dem Gang. Sie komme mich besuchen. Sie sei sehr traurig.

Ich war müde. Und Frau Wolkenbauer sagte: Wenn er seine Frau nicht sehen will, dann muss er sie auch nicht sehen. Selbst wenn sie seine Frau ist. Sagte Frau Wolkenbauer. Und sie schickte März nach draußen. Er nahm das hin.

Als er später wieder bei mir war, sagte er, Stefanie sei nun gegangen. Dass das sehr schade sei, dass ich meine Frau nicht sehen wolle. Vielleicht sagte er auch: sie nicht kennen wolle. Dass sie trotz allem meine Frau sei.

Ich wollte antworten: Muss ich der Mann einer Frau sein, nur weil ich ein Mann bin und eine Frau ins Zimmer kommt und sagt: Ich will zu meinem Mann.

Dass ich vielleicht gar nicht der bin, der hier liegt, sondern ich ein ganz anderer bin, der gar nicht wirklich hier ist, sondern ganz woanders ist, und dass an meiner Stelle womöglich ein anderer liegt, der in der Tat der Mann seiner Frau ist oder wenigstens der Mann seiner Frau sein könnte … Doch März winkte ab.

Ich sagte ihm, dass meine Frau mir völlig fremd sei.

Dass das nicht entscheidend sei, so März. Dass viele Frauen ihren Männern fremd seien. Dass das normal sei. Dass sie, meine Frau, mir früher, vor meinem Unfall, womöglich auch schon fremd gewesen sei, so März. Ohne dass ich das gemerkt hätte. Oder mich das gekümmert hätte. Was habe sich dann geändert. Sie war mir früher fremd, und sie ist mir heute fremd. Wo ist der Unterschied.

Als ob ich sie noch nie gesehen hätte. So erschien sie mir, wenn sie in meine Nähe kam. Als ob ich sie noch nie gesehen hätte. Und als ob ich sie schon immer gesehen hätte. Und ich wusste nicht, was mich mehr befremdete: immer oder nie. Und März erwiderte, dass das in einer Ehe normal sei, immer und nie. Man müsse das hinnehmen, immer und nie. Eine Ehe sei kein Wunschkonzert.

Ich: Dass ich viel lieber mit Lena verheiratet wäre.

März: Wer das sei?

Eine Pflegerin namens Lena. Dass sie oft lacht. Und mich anschaut. Und meine Hand berührt. Und mir erzählt. Und dass manchmal ihr nackter Rücken zu sehen ist, wenn sie sich bückt. Dass er mit voller Absicht zu sehen ist, weil es ein wunderschöner Rücken ist. Und dass ihr das nichts ausmacht, wenn ich ihren wunderschönen Rücken immer wieder betrachte. Und dass sie sich manchmal über mein Bett beugt und dabei mein Mund fast ihren Hals berührt …

Dass das absurd sei. Und unmöglich, erwiderte März.

36

Warum?

Dass meine Frau, Stefanie, schon seit Jahren an meiner Seite stehe, so März. Dass sie der Öffentlichkeit ein Begriff und ein Bild sei. Ein Inbild der Übereinstimmung und des Zusammenseins. Dass sie es gewesen sei, die mich all die Jahre begleitet und gefördert habe. Dass sie über die Nachricht meines Unfalls derart erschüttert gewesen sei, dass sie stundenlang nichts hatte sagen können.

Sie warte unten im Klinikpark auf mich.

Es sei nun genug, sagte Frau Wolkenbauer, die ins Zimmer kam. Er möge sich bitte zurückhalten. Er lasse mir zu wenig Ruhe und Zeit. Und sie fügte hinzu: Wenn er sich an seine Frau nicht erinnern kann, dann muss man das eben hinnehmen.

Hinnehmen?

Jawohl, hinnehmen.

Wie man so etwas hinnehmen könne, so März, seine Frau nicht mehr wiederzuerkennen. Und er erklärte ihr, was ich meiner Frau alles zu verdanken habe. Dass ich ohne meine Frau das, was ich alles erreicht hatte, womöglich gar nicht erreicht hätte. Dass ich ohne meine Frau nicht der wäre, der ich jetzt nun sei. Und Frau Wolkenbauer fragte: Wer ist er denn?

Wie bitte?

Wer ist er denn?

Und März lief auf und ab und sagte, dass meine Frau konsterniert und ohne Worte sei. Dass der politische

Schaden eines solchen Vorgangs erheblich sei. Dass die Opposition das zu einem Thema machen könnte. Ob man mich nicht entschiedener behandeln könne, und Frau Wolkenbauer antwortete: Man behandle mich bereits mit aller Entschiedenheit. Falls er das noch nicht bemerkt habe.

Und sie erklärte ihm: Dass es Fälle meiner Art immer wieder gebe. Man nenne das systematisierte Amnesie. Ein kategorisches Ausklammern von Menschen und Ereignissen. Aus welchen Gründen auch immer.

März: Ob ich nicht wenigstens so tun könne, als ob ich meine Frau wiedererkenne.

Und Frau Wolkenbauer erwiderte: Er möge sich nicht ständig einmischen. Oder auf mich einreden. Oder mich mit meiner Frau bedrängen. Dass seine Ratschläge – gelinde gesagt – nicht produktiv seien. Dass er meinen Zustand falsch einschätze. Dass, wenn er so weitermache, ich meine Frau in der Tat nie mehr wiedererkennen würde.

März wirkte nun kleinlaut und devot. Er entschuldigte sich und sagte – wie zu unserer beider Rechtfertigung: Er werde sich von dem Eindruck nicht abbringen lassen, dass ich auf dem Wege der Besserung sei. Dass ich in manchen Dingen sogar weiter als vor dem Unfall sei, zum Beispiel mit meinem Englisch – dass ich bald wieder der Alte sei. Es fehlten nur noch Details.

Am nächsten Morgen brachte Frau Wolkenbauer mein Notizheft. Sie gab mir Hausaufgaben. Ich sollte aufschreiben, an welche Frauen in meinem Leben ich mich erinnern konnte. Ich konnte mich an so gut wie keine Frau erinnern. Und Frau Wolkenbauer fragte, was das heiße, die beiden Wörter *so gut*. Und ich wusste es nicht. Doch je länger ich darüber nachdachte, desto größer wurden meine Erinnerungen. Ich erinnerte mich zum Beispiel an die Hand meiner Mutter, die mich nachts durch die Gitter eines Kinderbetts streichelte ... Und ich erinnerte mich an ein Mädchen namens Andrea, die mit mir in dieselbe Klasse ging. Ohne dass sie mich deshalb all die Jahre beachtet hätte. Trotz meiner Blicke. Eines Tages fragte sie mich, ob ich zu ihr nach Hause kommen würde, um mit ihr für eine Klassenarbeit in Mathematik zu üben. Und ich wollte – gerne, doch kam ich viel zu früh, da ich auf keinen Fall zu spät sein wollte. Als sie mir öffnete, trug sie noch einen Bademantel. Sie hatte sich gerade erst geduscht – derart früh war ich gekommen. Dass sie sich gleich anziehen werde, sagte sie. Doch wir setzten uns auf ein Sofa – und sie stellte mir sogleich Fragen, nicht nur zur Mathematik, sondern auch über mich. Wir saßen stundenlang. Und ich sah, je länger wir miteinander sprachen, wie sich ihr Bademantel immer mehr öffnete. Und sie tat nichts dagegen. Als wäre es kaum der Rede wert, dass sich ihr Bademantel immer weiter öffnete. Als wäre ich gar nicht da. Oder schon so lange bei ihr gewesen, dass es keine Rolle mehr spielte. Das war es, woran ich mich nun erinnerte: die gänzlich undramatische Gelassenheit dessen, was ich stets als hysterisches Geschrei erwartet hatte. Stundenlang saßen wir im Anblick ihres offenen Bademantels.

Erinnerungen.

Ich fragte Frau Wolkenbauer, ob ich im Klinikpark spazieren gehen dürfe, und sie gab mir die Erlaubnis. Sie schaute sogar aus dem Fenster, um zu sehen, ob meine Frau noch zu sehen war. Sie war gegangen. Also ging ich nach unten. Vielleicht war es ein Fehler gewesen, ohne Gehhilfen zu gehen. Vielleicht wirkte mein Gang in der Tat ein wenig unwirklich. Wackelig und eckig. Ohne Zug nach vorne. Ich spürte die Blicke der Ärzte, der Pfleger und der Patienten. Sie beäugten mich. Und meinen Gang. Seht nur. Wie er geht. So sprachen diese Blicke. Sehen Sie nur, wie er geht. Eher ein Trippeln als ein Gehen. Ein Hinken und Einsinken. Ein trauriger Anblick. Ohne das direkt auszusprechen. Aber in wechselseitigen Blicken zu erkennen gebend. Kommentarlose Blicke. Oder tiefblickende Kommentare: *Geht es noch?* Aus dem Augenwinkel in meine Seite gesprochen. Oder blind in die Gegend gefragt. *Geht es noch?*

März eilte mir zur Hilfe. Er hielt die anderen Patienten auf Distanz. Für ihn war das ein Schreckbild. Mitpatienten stützen Ursprung. Ursprung, der Sportler, der Athlet, der Wanderer – gehbehindert. Er schickte sie davon. Es gebe jetzt keine Autogramme, sagte er. Kein Mensch hatte mich um ein Autogramm gefragt. Doch

März schob all das (selbst mein Hinken) auf die Gier der Menschen nach Autogrammen. Es gibt jetzt keine Autogramme! Er führte mich wieder ins Innere der Klinik und sagte: Es wäre tatsächlich besser gewesen, meine Gehbehinderung mit einer Krücke offen einzugestehen als sie in falschen Laufbewegungen zu übergehen. Ich sollte in Zukunft mit einer Krücke in der Öffentlichkeit gehen. Jedenfalls fürs Erste.

Er war hin- und hergerissen – zwischen Krücke und nicht Krücke. Krücke bedeute: klare Verhältnisse, offenes Eingestehen meines Zustandes, sogar noch einen Hauch einstiger Sportlichkeit. Immerhin gebe es Sportler, die an Krücken gehen. Jedenfalls vorübergehend. Andererseits bedeute Krücke – zumindest eine Krücke über längere Zeit: eine nur langsam voranschreitende Rekonvaleszenz, Rückschläge, Verschleppungen, Komplikationen … Und vieles mehr.

Er telefonierte und telefonierte, lenkte alle Fragen zunächst einmal weg von meinem Bein. Er versicherte: Mein Sprachverlust in politischen Dingen sei nur minimal. Er sei nach wie vor zuversichtlich. Es gehe mir täglich besser. Viel besser als noch vor zwei Wochen.

Es hatte sich Besuch angekündigt. Gerhard Zix. Zix, der Fraktionsvorsitzende. Zix, der Finanzminister in spe. Zix, der Parteifreund. Feind, Todfeind, Parteifreund. Das sei Zix. Er wolle nach Heiligenberg kommen und sich ein Bild machen. Ein Bild von mir und meiner Lage.

Noch vor dem Landesparteitag. Ausgerechnet Zix. Er wolle mit mir sprechen. So März. Das sei scheinheilig, jedoch unvermeidlich. Ich müsse einige Worte mit Zix wechseln. Nicht mehr, aber auch nicht weniger. Und März besprach sich mit den Ärzten: Wo ich Zix am besten empfangen könnte? Nicht im Krankenbett, so März. Jede Andeutung von Bettlägerigkeit wäre im jetzigen Stadium nicht mehr hilfreich. Also besser in einem Konferenzraum der Klinik. Doch würde dann Zix meinen Gang entdecken. Zix habe einen Blick dafür. Zix sei ein Bewegungsmensch. Er habe einen Blick für Bewegungen. So März, der hinzufügte: Das Schlimmste an meiner Lage, das sei Zix. Zix sei anmaßend. Zix scharre mit den Hufen. Zix sei eine lauernde Gefahr. Ein Unruhebringer. Er sei wie ein Schatten in einem unheilvollen Röntgenbild. Das sei Zix.

Er zeigte mir Fotos von ihm: Zix. Was ich dazu sagen würde? Zu seiner wuchtigen Stirn. Sie erinnerte März an eine Diesellokomotive. Eine Aura von Rädern und Schienen umgebe Zix. Sein Blick gebiete uns, auf den Gleisen seiner unaufhaltsamen Fahrt niederzuknien: Hört die ungeheure Drehzahl meines Motors. Seht die vertrockneten Mücken, die meiner Fahrt in die Quere kamen. Beugt euch dem Rausch meiner Geschwindigkeit. Das sei Zix. März nannte mir Charaktereigenschaften, die ich aufschreiben sollte. Zix sei ordoliberal, monetaristisch, transatlantisch … Und noch einiges mehr. Ich sollte mir das merken. Ich sollte das aufsagen. Ich sollte das beherzigen.

Das Treffen fand im Gymnastikraum der Klinik statt. Man hatte mich auf ein Fahrradergometer gesetzt, auf dem ich – bei 90 Watt – in lockerem Tempo pedalierte, so als wäre das kaum mehr einer Anstrengung wert. So weit sei meine Genesung bereits vorangekommen. Als Zix das sah, wirkte er perplex. Vielleicht hatte er mit einem Besuch an einem Krankenbett gerechnet, in das er tief gebeugt seine Anteilnahme sprechen wollte. Nun saß ich auf einem Fahrradergometer. Es gab nicht einmal einen Stuhl für ihn. Man bot ihm an, sich auf das nebenstehende Ergometer zu setzen. Er setzte sich und reichte mir die Hand. Grüßte von der gesamten Fraktion. Sagte: Wie schockiert er von der Nachricht meines Unfalls gewesen sei. Wie sehr der Anblick des zertrümmerten Wagens ihn entsetzt habe. Wie betroffen die gesamte Partei und Fraktion gewesen sei. Dass er für mich in einer Kirche beim Landtag eine Kerze angezündet habe. Eine Kerze … Und er fing an zu pedalieren. So saßen wir nebeneinander: gemeinsam pedalierend. Fotografen fotografierten das. Und ich sprach die Worte ordoliberal, monetaristisch, transatlantisch …, und März nickte vehement. Und ich fügte hinzu, dass es mir besser gehe, dass ich täglich übe, dass ich Ministerpräsident bin … und es auch bleiben werde … Doch Zix, er hörte kaum zu. Er atmete schwer. Seine Krawatte hing über dem

Lenker. In seinem dunklen Anzug fing er an zu schwitzen. März hatte sein Ergometer auf 200 Watt gestellt. Zix musste mit aller Kraft in die Pedale treten, wie bei einer Bergfahrt. Nach wenigen Minuten stieg er ab. Wegen dringlicher Termine. In der Fraktion. Und auch anderswo. Er verabschiedete und verbeugte sich. Er schien mit meiner Genesung zufrieden. Das Einzige, was er anmerkte, das war mein Deutsch. Was spricht er plötzlich für ein hochdeutsches Deutsch?

Doch März kam zu keiner Erklärung meines Deutschen, denn Zix war schon auf dem Weg aus dem Krankenhaus, hinaus auf den klinikeigenen Hubschrauberlandeplatz, wo sein Hubschrauber auf ihn wartete. Er flog mit großem Lärm über uns hinweg.

März war ausgelassen. Er ließ Kaffee und Kuchen bringen. Er hielt sogar vor Ärzten und Pflegern eine kleine Ansprache. Er dankte, er lobte – später telefonierte er. Dass er zuversichtlich sei. Zuversichtlicher als je zuvor. Dass ich in manchen Momenten schon fast wieder Claus Ursprung sei. Claus Ursprung wie in alten Tagen.

Später setzte sich meine Frau an mein Bett. März trippelte hinaus. Dabei wirkte er verlegen. Und ein wenig feierlich. Meine Frau und ich. In einem Zimmer. Sie streichelte ihren Ehering. Jetzt, da es mir besser gehe, sagte sie, jetzt könne ich mich vielleicht ein wenig erinnern. Wer wir seien. Was uns verbinde. Was sie mir alles bedeute. Trotz alledem.

Warum ich nicht antworte? Warum ich ihr keine Fragen stelle? Nicht einmal die Frage, wie es ihr die letzten Wochen ergangen sei. Nicht eine Frage dazu. Und auch keine sonstigen Fragen.

Und wieder Stille.

Wie verletzend das alles sei, sagte sie. Einfach vergessen zu werden, aus dem Gedächtnis getilgt, nach einem einzigen Unfall. Als ob die Jahre davor nie stattgefunden hätten. Viel schlimmer als nur verlassen zu werden. Als ob nie etwas gewesen wäre. Nicht einmal in der Erinnerung. Nicht einmal das.

Eine Stille, die ich plötzlich kannte. Auch wenn ich meine Frau nicht mehr kannte. Doch glaubte ich, diese Stille zu kennen. Eine Stille, die eintrat, weil man nicht mehr weiterweiß, weil man nicht mehr weiß, was man als Nächstes sagen könnte. Oder sagen sollte. Weil jedes weitere Wort vergeblich oder sogar gefährlich wäre. Eine Stille kurz vor dem Streit. Oder kurz nach einem Streit. Deshalb also diese Stille.

Sie hinterließ mir eine Illustrierte. Auf der Titelseite war ein Foto zu sehen. Claus Urspring. Alles über seinen Unfall. Auf Seite sieben. Unfall eines Ministerpräsidenten. Am Montag schneite es bis spät in die Nacht. So begann der Artikel. Ministerpräsident Urspring ist mit seinem Dienstwagen trotz starken Schneetreibens im Hochschwarzwald Richtung Freiburg gefahren – zu einem Parteitermin. Man fragt sich, warum sein Chauffeur nicht bei ihm war, warum Ursprung den Wagen lieber allein steuern wollte. Vielleicht weil er ein leidenschaftlicher Fahrer ist.

In einer engen Kurve durchbrach Ursprung die Leitplanke der Straße und stürzte mit seinem Wagen einen Abhang hinab. Er überschlug sich unzählige Male. Man fand ihn bewusstlos in seinem zertrümmerten Wagen – nur wenige Meter neben einer Schlucht. Es dauerte Stunden, bis er aus dem Wrack geborgen werden konnte. Ein Rettungshubschrauber brachte ihn ins Heiligenberger Klinikum.

Gestern hat man ihn von der Intensivstation auf eine andere Station verlegt. Er ist bei Bewusstsein. Er empfängt erste Besucher. Er erkennt Freunde und Weggefährten. Er erkundigt sich nach seiner Familie. Seine Frau sitzt an seiner Seite. Auf der Straße sieht man noch immer Spuren des Unfalls. In einer Einfahrt stehen Kinder und winken.

Ich schlief.

März, der wieder ins Zimmer kam, brachte gute Nachrichten. Zix habe im Landtag erklärt, dass mein Zustand zufriedenstellend sei. Zufriedenstellend. Welch ein zähneknirschendes Wort, so März. Zix werde mich auf dem Landesparteitag empfehlen. Empfehlen. Was seien das für Einsilbigkeiten, erklärte März. Dass ich, so habe Zix behauptet, auf dem Landesparteitag persönlich erscheinen würde – für März eine Infamie. Völlig undenkbar, so März, dass ich bereits auf dem Landesparteitag persönlich erscheinen könne. Und Frau Wolkenbauer pflichtete ihm bei. Dass ich frühestens in zwei Monaten wieder arbeitsfähig sei. Sie könne allenfalls einer vorab aufgezeichneten Ansprache an die Delegierten zustimmen, was März dankend aufnahm. Eine Aufzeichnung.

Er habe deshalb im Schwesternwohnheim neben der Klinik ein provisorisches Tonstudio einrichten lassen. Ich müsse so bald wie möglich öffentlich in Erscheinung treten und einige Reden halten. Nicht viele Reden, aber deutliche Reden: Reden an die Partei, Reden an die Öffentlichkeit ... März sprach von den Möglichkeiten digitaler Stimmbearbeitung. Hannah werde das machen. Sie sei eine hervorragende Redenschneiderin. Die Beste weit und breit. Ihre Fähigkeiten seien mannigfach. Er meinte tontechnische Fähigkeiten, aber auch sprachliche Fähigkeiten. Dass man womöglich sogar einen schwäbischen Akzent ins Klangbild einbauen könne. All das und vieles mehr sei mittlerweile tontechnisch möglich.

Ein Pfleger brachte mich zum Tonstudio. Hannah öffnete und bat mich hinein. Sie entschuldigte sich für herumliegende Kabel und Gegenstände. Das alles sei noch provisorisch. Das Tonstudio und ihre privaten Dinge, die noch in einer Reisetasche lagen. Sie sagte: Hier arbeite ich also. Ausgerechnet in einem Schwesternwohnheim. Die Akustik sei miserabel. Wie März sich das vorstelle,

47

hier zu arbeiten. Sie öffnete einen Koffer. Dort befand sich ein Mischpult, das sie nun herausholte. Das ist ein Mischpult, sagte sie. Falls Sie so etwas noch nicht gesehen haben.

Um irgendetwas zu sagen, lobte ich die vielen Knöpfe. Welche Knöpfe? Ich meinte die Knöpfe und Hebel des Mischpults. Sie antwortete: Sie machen sich über mich lustig – und bereitete ein Mikrophon vor. Ich fragte, ob sie mit diesem Pult ihre Reden schneidere? Sie *schneidere* keine Reden, so ihre Antwort, sie schneide Reden. Das sei ein Unterschied. Und sie schneide die Reden auch nicht mit einem Mischpult, sondern auf dem Computer.

Ich sollte irgendetwas sprechen, nicht zu ihr, sondern ins Mikrophon. Sprechen Sie. Mir fiel nichts ein. Es wird Ihnen schon irgendetwas einfallen. Doch ich saß sprachlos. Und Hannah sagte, sie habe so etwas noch nicht erlebt, dass einem Politiker, der ein Mikrophon sieht, nichts einfalle. Sie fand das wenigstens ehrlich. Sprechen Sie. Ich sprach – in ihre Richtung: Dass ich Ministerpräsident bin, dass ich einen Unfall hatte, dass eine Zeitschrift darüber geschrieben hatte, über mich und meinen Unfall ... Dass die Zeitschrift geschrieben hatte, dass nach dem Unfall die Sonne geschienen habe und der Himmel hoch und blau gewesen sei und in einer Einfahrt Kinder gestanden hätten, die gewinkt hatten ... Und ich fragte sie, was das mit meinem Unfall zu tun habe, die Sonne und der blaue Himmel und die winkenden Kinder, was das mit meinem Unfall zu tun habe. Ob die Zeitschrift irgendeine Ahnung habe, was ein Unfall ist und was ein Unfall bedeutet. Dass Menschen in einem Unfall sitzen und keine Buchstaben.

Das sagte ich. Und Hannah antwortete: Bitte weiter! Also sagte ich: Dass mir nichts mehr einfalle, doch mir vielleicht später noch etwas einfallen könnte, wenn ich lange genug weiterspräche … Sie nickte. Also sprach ich weiter. Jedes Wort, das ich sprach, klang wie eine Entschuldigung. Eine Entschuldigung dafür, dass ich bei ihr saß und irgendetwas sprach und sie dabei anschaute.

Wie sich das anhöre? – fragte ich. Menschlich, sagte sie. Sie war mit den Aufnahmen zufrieden. Sie sagte, das seien gute Aufnahmen. Und ehrliche Aufnahmen. Das sei zumindest ein Anfang. Doch als März die Aufnahmen hörte, sagte er: Das ist viel zu sprunghaft und launisch. Das sei keine Rede. Das sei nicht der Ursprung, den die Leute kennen und erwarten. Man harre der Stimme Ursprings, aber fast nichts sei im Moment von Ursprung zu hören. In meiner Stimme sei zu wenig Urspring.

Dann sei es eben ein anderer Ursprung, sagte Hannah.

März: Man würde mich kaum wiedererkennen.

Hannah: Ob das so schlimm sei?

März: Natürlich sei das schlimm. Man könne nicht nach jedem Satz, den ich spreche, hinzufügen: Das sei übrigens Ursprung, der da spreche. Leider nicht mehr der alte Urspring, sondern ein neuer Urspring. Das sei politischer Selbstmord. Ich klänge viel zu leise, zu schüchtern, zu verhalten, zu zögerlich.

Hannah: Was daran so schlimm sei?

März: Man müsse mein politisches Wesen deutlicher zum Vorschein bringen. Ob es dafür Sprechübungen gebe?

Hannah: Sprechübungen?

März: Um in meine Stimme einen politischen Ton zu bringen.

Hannah sprach von Zungenschleuderübungen.

März: Was sind das für Übungen?

Hannah: Man schleudert mit der Zunge Tatsachen entgegen. Wie Peitschenhiebe. Und dies und das und doch … Derart.

März nickte: Ja, bitte solche Übungen!

Hannah sprach auch von Gähnübungen – gelangweiltes, blasiertes, abwinkendes Gähnen: Aber nein, ach was, ach wo …

März wollte auch diese Übung. Er bestellte sie wie ein Mittagessen. Und er kam erneut auf das Schwäbisch zu sprechen. Ob man nicht wenigstens einen andeutungsweise schwäbischen Akzent in meinen Duktus einbauen könne? Oder Relikte eines solchen Akzents irgendwie retten könne?

Sie sprach von Lokomotivübungen. Das Zischen von Dampflokomotiven: s, sch, psch, pscht … Oder ein jahrelanges Waschen. Als würde man jahrzehntelang Steine in einer Waschmaschine waschen …

Später sagte sie: Es sei ein Fehler, einem hochdeutsch Sprechenden ohne Not einen schwäbischen Akzent anzutrainieren.

März: Der bevorstehende Wahlkampf sei eine Not. Eine gewaltige Not. Eine Not für ihn, eine Not für mich, eine Not für die Partei. Wenn nicht in den nächsten Tagen eine eindrückliche Rede gelinge, dann sei das Vertrauen erschüttert. Die Rede sei eine Unabwendbarkeit. Sie müsse baldmöglichst, wenigstens in groben Zügen, vorliegen.

Er erklärte: Dass die Ansprache eine Gratwanderung sei. Am Anfang der Ansprache müsse die Betonung auf Genesung liegen: Genesung, Genesung, Genesung. Spaziergänge, Gespräche mit Freunden, innige Beschäftigung mit philosophischen Themen oder philosophischen Werken … Genesung, Freude und Dankbarkeit … Im zweiten Teil dann: Angeschlagenheit. Zerbrechlichkeit. Noch eine gewisse Schonung … Im Schlussteil der Ansprache wieder Zuversicht und Freude auf das Amt. Also eine ständige Zweiteilung: Angeschlagen und doch genesen. Oder wenigstens so gut wie genesen. Wenn auch noch nicht völlig genesen. Angeschlagene Gesundheit und gesundende Angeschlagenheit. Derart. Die Zuhörer zwischen Mitgefühl und Zuversicht. Mitgefühl mit dem verunglückten, dem verletzten, dem leidenden Ursprung.

Sobald man jedoch einwendet: Ob ein solcher Mensch überhaupt in der Lage sein kann, Ministerpräsident zu sein, dann wieder Stärke, Festigkeit, Zuversicht und Lebenskraft – bis man sich wieder fragt: Warum ein solcher Mensch dann überhaupt noch im Krankenhaus liegt, warum er nicht schon längst wieder im Amt ist – dann also wieder ein gezeichneter und gebrechlicher Ton. Und so weiter.

Hannah bereitete Mikrophone vor. Sie schaute mich an – wie eine Schulfreundin schauen würde, eine Schulfreundin vor einer endlosen Hausaufgabe. Während draußen die Sonne schien.

Als ich das nächste Mal zu ihr kam, saß sie auf einem Balkon vor ihrem Studio. Zuerst sah ich nur ihre Hand. Sie hielt ein Buch in ihrer Hand. Dann sah ich ihr Gesicht. Sie saß sonnenbadend, im Schatten eines Busches. Sie winkte. Dann verschwand sie im Studio. Als sie mir öffnete, trug sie eine Hose und ein T-Shirt. Als hätte sie sich in aller Eile angezogen. So sah sie aus. Sie entschuldigte sich und sagte: Es tut mir leid.

Dann wieder stundenlanges Sprechen der ersten Sätze der Rede, die von März immer wieder verworfen und umformuliert wurden, erste behutsame Worte an die Öffentlichkeit. Allein nur die Frage, ob ich liege oder sitze oder stehe oder bin. März entschied: Ich bin. Ich hatte einen Autounfall und ich bin … März suchte nach Worten: Ich bin … am Leben. Warum soll man das nicht aus-

sprechen, so März. Ich bin am Leben. Am Leben und …
– März erwog Wörter wie: dankbar, überwältigt, zuversichtlich, berührt, getragen – getragen von Freunden und
Einsichten. Einsichten, die man später noch einfügen
würde. Ich bin … Meine Gedanken sind … bei den Bür-
gern, bei den Aufgaben und Herausforderungen unseres
Landes. Ich bin … Ich bin nachdenklich, ich bin bemüht
und entschlossen – und im ständigen Gespräch mit Be-
ratern und Ministern und politischen Freunden, auch
mit nichtpolitischen Freunden, zum Beispiel mit einem
Geistlichen … oder besser noch mit einem Philosophen,
vielleicht aus Hamburg – Hamburg als Hinweis auf einen
neuen Ton in einer neuen Sprache: gelassener, freundli-
cher, norddeutscher, hanseatischer, maritimer … Und
vieles mehr.

Ich bin informiert, ich bin auf dem Laufenden und
verheiratet und dankbar und gelassen und getragen und
nachdenklich und hanseatisch und bemüht … Ich bin
Ministerpräsident, ich bin Deutschland, ich bin entschlossen, ich bin fit, ich bin bereit und am Leben …

März telefonierte, während ich weitersprach und dabei Hannahs Gesicht betrachtete, ihr Erstaunen und ein
leichtes Lächeln sah, während März abwinkte und aufstand und telefonierte. Ich hätte mich überanstrengt. So
März in einer sich überschlagenden Stimme. Mir sei un-
wohl. Man möge einen Arzt schicken.

Ich hatte noch den Balkon vor Augen und Hannah

auf dem Balkon. Wie sie sich dort sonnte. Als wäre das alles nicht der Rede wert. Das Tonstudio, die Sprechaufnahmen und ihre immer länger andauernden Blicke.

Ich wurde in mein Zimmer gebracht.

Was er, März, sich dabei gedacht habe, so Frau Wolkenbauer. Man könne mich nicht einfach in ein Tonstudio bringen und dort stundenlang arbeiten lassen. Das sei gegen jede Abmachung. Er, März, gefährde meine Gesundheit. Das sei ein Krankenhaus und kein Staatsministerium. Oder eine Radiostation. Er missachte ihren dringenden Rat. Er setze sich einfach darüber hinweg ...

Es handle sich um eine wichtige Rede, so März. Um eine Grundsatzrede.

Dass das nicht gehe. Mich der Behandlung der Klinik einfach zu entziehen. Mich politisch wieder arbeiten zu lassen. Ohne Absprache mit den Ärzten.

März sagte, es könnte mir vielleicht guttun.

Guttun?

März: Jawohl, guttun.

Frau Wolkenbauer sprach von unwägbaren Gefahren und Risiken. Sie listete gewaltige Wörter auf, die daraus folgen könnten: Krankheitswörter, Rückfallwörter, Verschlimmerungswörter ... Falls ihn das überhaupt interessiere. Sie sagte, dass das unverantwortlich sei, dass das so nicht weitergehe, dass sie sich im Übrigen frage, warum er, wenn ihm der bevorstehende Wahlkampf derart wichtig sei, warum er dann mit aller Macht an einem

Kandidaten festhalte, der in keiner Weise arbeitsfähig sei. Warum er sich für seinen Wahlkampf keinen anderen Kandidaten suche?

März: Wie das gehen solle?

Wolkenbauer: Indem man einfach einen anderen Kandidaten suche. Ob das so schwer sei?

Wie sie sich das vorstelle, so März. Kurz vor Beginn des Wahlkampfes den Spitzenkandidaten aufzugeben. Nicht irgendeinen Kandidaten, sondern den amtierenden Ministerpräsidenten. Ich sei ein politischer Begriff, ein Inbild der Vertrautheit und Unverrückbarkeit, eine Portalfigur, ein Fixpunkt und noch vieles mehr.

Dass das eine Einheit sei: Claus Ursprung und Ministerpräsident. Dass das eine ohne das andere undenkbar sei, ein Ministerpräsident ohne Claus Ursprung, oder ein Claus Ursprung, der nicht mehr Ministerpräsident sei. Dass das untrennbar sei. Durch nichts und niemanden zu ersetzen. Oder zu überbieten. Das einfach aufzugeben. Angesichts hervorragender Umfragewerte. Bereits vor dem Unfall, und erst recht nach dem Unfall. Umfragewerte von nahezu monarchischen Ausmaßen. Die Strahlkraft dieser Umfragen reiche weit über die kommende Wahl hinaus. Man könne solche Werte – jahrelang gewachsene und noch Jahre reichende Werte – nicht einfach aufgeben.

Natürlich könne man das, so Frau Wolkenbauer.

März war fassungslos. Er ging hinaus. Er kam wieder

hinein. Er reichte ihr ein Buch, ein Buch der politischen Philosophie. Die zwei Körper. So lautet der Titel des Buchs. Er empfahl es ihr dringend zur Lektüre. Damit sie unsere Lage besser verstehe. Ein politischer Amtsträger, so März, bestehe aus zwei Körpern: aus einem leiblichen, sterblichen Körper sowie aus einem politischen Körper, der nicht sein eigener Körper sei, sondern dem Amt und der Allgemeinheit geschuldet sei … Es sei dieser Körper, an dem er, März, mit mir arbeite …

Sie winkte ab.

Später fragte er sie: Ob sie in dem Buch geblättert habe?

Ein wenig.

Ob sie ihn nun besser verstehe?

Nein.

Ob sie an Gott glaube?

Wie bitte?

Ob sie an Gott glaube?

Sie antwortete: Stellen Sie sich vor. Ja, ich glaube an Gott. Und März ging um sie herum und fragte: Wollen Sie also, dass die Opposition die Wahl gewinnt. Wollen Sie das!? Sie verließ das Zimmer. Und er sprach ihr hinterher: Es wird heute noch eine Rede gehalten. Ob Sie das befürworten oder nicht.

Stille.

Hannah, die sich nun behutsam zu Wort meldete: Man könne die Sprechaufnahmen möglicherweise umschneiden, die Rede in ein Interview verwandeln. Frage – Antwort. Viele meiner Sätze seien für Antworten durchaus geeignet. Man müsse nur die richtigen Fragen zu ihnen stellen.

März schien von diesem Vorschlag angetan. Und er überlegte, wer mir diese Fragen stellen könnte, nicht irgendein belangloser Journalist, sondern eine Persönlichkeit. Ein Schauspieler, ein Sportler, ein Geistlicher oder Bischof – oder einfach nur ein normaler Bürger: Frage: Herr Ministerpräsident, Herr Doktor Urspring, wie geht es Ihnen? Nach Ihrem schrecklichen Unfall? Antwort: Danke, mir geht es … besser. Deutlich besser. Derart.

Ich durfte nicht mehr ins Tonstudio. Das war eine Anweisung von Frau Wolkenbauer. Kein Tonstudio mehr – andernfalls werde die Klinik die Verantwortung für meinen Gesundheitszustand nicht mehr länger tragen. Also kam Hannah zu mir ans Krankenbett. Sie wollte für das Interview einzelne Wörter aufzeichnen: Jas, Neins und andere Wörter. Auch waren ihr meine As nicht rein genug. Das Ja sollte wie eine Hinwendung oder Umarmung klingen. Ja. Wie Abraham a Sancta Clara. In dieser Reinheit. Oder wie Barbara. Barbara sagt ja. Ja, sagt Barbara arglos klar. Sprechübungen für immer schönere Jas. Das Interview, so Hannah, es werde mit jeder Umstellung und Einfügung besser und überzeugender. Es wird ein gutes Interview werden, sagte sie.

März hatte uns freigegeben. Wir hatten den ganzen Vormittag für uns, mit Frühstück und türkischer Technomusik, die mir Hannah (von ihrem Aufnahmegerät) vorspielte, mit wachsender Freude, Freude darüber, dass mir das ernsthaft gefiel, während März weit weg von uns war, im Landtag, und dort der Fraktion berichtete: von dem bevorstehenden Interview, von meiner Genesung, eine kontinuierliche und über alle Maßen planmäßig und zufriedenstellend verlaufende Genesung. Er sagte: Eine Persönlichkeit des öffentlichen Lebens werde mit mir das Interview führen. Es werde ein sehr persönliches Interview werden. Man werde sich demnächst davon überzeugen können. Er sagte das im Radio. Und er sagte, dass man all das demnächst ebenfalls im Radio werde hören können: das Interview, die Fragen, die Antworten und einiges mehr ...

Hannah saß immer noch bei mir. Sie brauchte noch ein paar Schlussworte für das Interview. Mir fiel nichts ein. Und auch ihr fiel nichts ein. Also sagte ich: Auf Wiedersehen. Das Interview ist nun zu Ende. Und sie lachte und fragte mit einer plötzlich hereinbrechenden Heftigkeit:

Warum ich so nett sei?

Nett?

Jawohl nett.

Warum sollte ich nicht nett sein?

Sie sagte nichts.

Vielleicht weil ich früher selten nett gewesen war.
Vielleicht.

Sie ging.

Ich machte ihr zuliebe Sprechübungen: Blaukraut bleibt Blaukraut und Brautkleid bleibt Brautkleid. Der Cottbusser Postkutscher putzt den Cottbusser Postkutschkasten. Zwei zischende Schlangen zischten zwischen spitzen Steinen … Später lernte ich Verwaltungsvorschriften sowie Besonderheiten der Ministerialbürokratie: Die sechs Politischen Staatssekretäre ohne Sitz und Stimme im Ministerrat gehören nach der Landesverfassung nur dann zur Landesregierung, wenn diese es beschließt … März kam zu mir, um mich abzuhören. Er kam gut gelaunt. Grüße von der Fraktion. Grüße vom Landtagspräsidenten. Selbst Grüße von Zix. Wie auch gute Nachrichten wegen des Interviews. Er habe einen prominenten Fragesteller aufgetan, der in dem Interview die Fragen stellen werde. Kein Geringerer als Peter Sloterdijk. Auf Vermittlung des Wissenschaftsministers. Was ich dazu sagen würde? Ich sagte nichts. Er, Peter Sloterdijk, habe sich bereit erklärt. Hannah sei bereits auf dem Weg zu ihm, um seine Fragen aufzuzeichnen. Das Gespräch firmiere als Kamingespräch. Ein Kamingespräch unter Denkern in der Klinik. Er habe Hannah beauftragt, Kamingeräusche einzuspielen. Und er denke an weitere Interviews derselben Art. Ursprung trifft Sloterdijk. Ursprung trifft Kehlmann, Ursprung trifft Drewermann …

So als wäre die Klinik voller Geistesriesen. Ein ständiger Gedankenaustausch.

März: Ob ich das Interview hören wolle? Es komme nachher im Radio. Er ließ in Schwesterzimmern Radiogeräte aufstellen, damit Ärzte und Pfleger und auch Patienten das hören konnten. Er lief, als das Interview begann, mit dirigierenden Bewegungen auf und ab. Einzelne Wörter vehement betonend. Er war zufrieden mit dem Interview. Ein persönliches, ein lebenskluges, ein bewegendes Interview. So März. Die ersten Blitzumfragen seien wohlwollend, rief März schon am nächsten Morgen. Sie fügten sich nahtlos ein in ein bereits sehr solides Meinungsklima, das auch im Internet seinen Niederschlag finde, in Form zahlreicher positiver, wenn nicht sogar begeisterter Einträge. Wenn morgen Landtagswahlen wären, so März, dann hätte ich die Mehrheit. Eine Mehrheit, die eine robuste Basis darstelle – für einen langen Wahlkampf, in dem ich noch jeden einzelnen Prozentpunkt benötigen würde.

Eine Zeitung lobte sogar die hochdeutsche Aussprache – und verband damit die Frage, ob der Ministerpräsident damit ein Zeichen setzen wolle? Er gar seine Eignung für höhere Ämter unter Beweis stellen wolle? Ursprung und Bundesminister, Ursprung und Bundeskanzler … März saß den ganzen Mittag in sich überstürzenden Telefonaten, mit der Presse, mit der Parteispitze: Dass dies nicht der Fall sei. Dass Ursprung nichts Derartiges plane. Dass Ursprung gerne Landesvater sei und es auch gerne bleibe. Meine Aussprache sei falsch verstanden worden. Er telefonierte mit Hannah: Welch einen politischen Schaden mein Hochdeutsch angerichtet habe. Ob sie das nun einsehe. Ob man nicht spätestens jetzt Korrekturen vornehmen solle.

Und es gab Zeitungen und Beobachter, die sich fragten: Warum ein Radiointerview? Warum kein Fernsehinterview? Was das zu bedeuten habe? Ob meine Genesung doch noch nicht so weit vorangeschritten sei? Und März ließ erklären: Dass der Ministerpräsident nichts zu verbergen habe. Dass das Radiointerview den räumlichen Möglichkeiten der Klinik geschuldet sei. Dass Fernsehkameras in der Klinik im Übrigen verboten seien …

Das Telefon war sein ständiges Elixier. Meist ging es in diesen Telefonaten um mich und mein Befinden. Oder um Umfragewerte. So wie es den Ärzten um meine Blutwerte ging. Für März waren Umfragewerte wie Blutwerte. Und umgekehrt. Was sagen die Umfragewerte? fragte März. Und er ging mit dem Telefon auf und ab.

Mancher Anruf ging stundenlang, ohne einen wirklichen Grund, außer der Vergewisserung von Umfragewerten. Hannah sagte: Er spricht gar nicht wirklich zu einem Anrufer. Er spricht zu sich selbst, um sich im Klang seiner Stimme zu vergewissern: dass alles rechtens und bestens ist, dass es bergauf- und weitergeht, mit mir und meiner Genesung und meinen Röntgenbildern und den Umfragewerten und allem anderen …

Hannah sagte: Sieht er nicht aus wie ein Friseur. Er spricht sogar wie ein Friseur. Und er riecht wie ein Friseur. Er riecht nach Rasier- und nach Haarwasser. In der ganzen Klinik riecht es danach, wenn er telefonierend durch die Korridore läuft. Alles an ihm sei friseurhaft. Selbst seine scherenschnippenden Fingerbewegungen bei guten Umfrageergebnissen. Das sei März.

Sie fragte mich, wer März überhaupt sei? Und ich antwortete: März sei März. Doch sie wollte wissen: Seit wann ich ihn kennen würde? Welche Funktion er genau ausübe? Ich wusste es nicht. Oder nicht wirklich. Irgendwann war er an meinem Krankenbett erschienen, und da war er dann: März.

Er war zum Beispiel wütend, als ich eines Nachmittags im Klinikpark spazieren ging. Ohne Rücksprache mit ihm oder wenigstens mit Frau Wolkenbauer. Man habe mich gesehen: ein furchtbares Gehinke. An der Grenze des Erbärmlichen und Grotesken. Was, wenn Fotografen das fotografiert oder Kamerateams das gefilmt haben? Sie seien überall. Im Umkreis der gesamten Klinik. Der politische Schaden wäre unermesslich.

Hannah erwiderte: Was daran so schlimm sei, wenn ich ein wenig hinke. Und März erklärte ihr: Dass das katastrophal sei, ein hinkender Gang. Das Gegenteil von aufrechtem Gang. Dass Wechselwähler bei einem solchen

Anblick sogleich wegschauen oder wegschalten. Nichts wie weg. Der Anblick eines kränkelnden Zebras, das schon so gut wie tot ist. Wer wolle das sehen – geschweige denn wählen. Dass der amerikanische Präsident einen hervorragenden Gang habe, einen Gang, der keine Zweifel aufkommen lasse. Jeder Schritt setze um, was gesprochen werde. Eine schreitende Einlösung größter Wörter. Dass der Gang zum Rednerpult ein rhetorischer Akt sei. Dass damit schon alles Wesentliche gesagt sei. Was immer ein Redner danach noch sage. Oder sagen wolle. Dass selbst der Papst – über achtzigjährig – einen passablen Gang habe. Dass Politik von Bildern lebe. Nicht von Ideen oder von Überzeugungen, sondern von Bildern. Dass Politik nur noch als ästhetisches Phänomen zu rechtfertigen sei. Als Wohlklang und Gleichklang. Als Symbolwelt und Dekorum. Dass sie ansonsten nichts verhandle und nichts bewirke und nichts bedeute.

Er erkundigte sich bei Frau Wolkenbauer: Wie lange das noch dauern werde, bis ich wieder flüssig laufen könne. Er sehe kaum Verbesserungen. Der Sonderparteitag sei bereits Mitte Mai. Danach beginne der Wahlkampf. Der Wahlkampf. Das klang wie Abitur oder Leben und Tod oder Jüngstes Gericht. Doch Frau Wolkenbauer konnte nicht einmal sagen, ob man mich Mitte Mai bereits entlassen könnte. Und selbst wenn ja, dann wäre eine Anschlussheilbehandlung in einer Rehabilitationsklinik dringend erforderlich.

März winkte ab. Oder er wand sich auf einem Stuhl. Man dürfe sich nicht über Gebühr in meinem Zustand einrichten. Sich darin nicht ewig verschanzen. Es gelte irgendwann den Blick auch nach vorne und nach draußen zu richten. Er rechne für den 15. Mai fest mit meiner Entlassung. Der Chefarzt persönlich habe ihm das zugesagt. Allerspätestens der 18. Mai. März schwankte zwischen zwei öffentlichen Terminen, die ich dann wahrnehmen würde: entweder eine Rede auf dem Sonderparteitag in Hechingen oder die Jungfernfahrt eines Bodenseeraddampfers. Die URSPRING. Der Name sei eine schöne Geste. Eine Geste des ganzen Bodensees an die Landespolitik und an mich. Ob ich mich darüber freuen würde? Ich müsste bei einem solchen Anlass nur anwesend sein. Keine Rede halten. Nur Hände schütteln. Grüßen und begrüßt werden. Winken. Den See anschauen. Mit der Besatzung einige Worte wechseln. Sonst nichts.

Doch wusste März nicht, wie nah mein neuer Dienstwagen an das Boot heranfahren könnte. Wie viele Schritte ich dann auf freier Fläche zum Boot gehen müsste. Fünfzig Meter? Hundert Meter? Er wies das Staatsministerium an, das ausmessen zu lassen. März betonte: Es wäre der erste öffentliche Auftritt des verunglückten Ministerpräsidenten. Begleitet von zahllosen Blicken und Fragen. Wie so ein Mensch nun aussieht? Nach zehn Tagen Koma und drei Monaten Krankenhaus. Wie es ihm geht? Wie er nun zum ersten Mal in der Öffentlichkeit auftritt? Der

Wagen fährt vor. Die Wagentüren werden geöffnet. Der Ministerpräsident steigt aus, und die Zuschauer sehen schon auf den ersten Metern, die der Ministerpräsident geht, dass sein Auftreten eher ein Einsinken und ein Einbrechen ist, ein hinkender Offenbarungseid – noch bevor überhaupt irgendetwas anderes zur Sprache kommt.

Deshalb also besser, meinte März, der Sonderparteitag, weil man dort jede Bewegung arrangieren, in Dunkelheit tauchen oder hell erleuchten kann. Je nachdem. Andererseits wäre auf dem Sonderparteitag eine Rede unumgänglich. Doch könnte man diese Rede in akribischer Feinarbeit vorab aufzeichnen und dann abspielen lassen. Er gebrauchte das Wort Play-back. Politisches Play-back. Wie das in den USA immer mehr der Fall sei, nicht nur in Wahlkämpfen, sondern bei Reden überhaupt: Dass sich Redner dort nicht mehr länger den Gefahren unheilvoller Versprecher oder intellektueller Entgleisungen ausliefern. Dass immer mehr Reden (nicht nur in Amerika) aus dem Ruder laufen. Oder sich Redner in ihren Reden zunehmend versteigen und sich immer weiter versteigen, je mehr sie ihren verstiegenen Reden zu entsteigen versuchen – mit katastrophalen Folgen. Dass deshalb immer mehr Reden vorab in Tonstudios aufgezeichnet werden, um sie dann bei verschiedenen Gelegenheiten abzuspielen – mit den entsprechenden Mund- und Lippenbewegungen des Politikers, die man mit mir noch einüben werde. Er habe mit Frau Caillieux von der Wahlkampfzentrale darüber gesprochen. PPB. *Political play-back*. Dass dies eine Unabwendbarkeit sei, habe sie gesagt. Zumal in meiner Lage. Dass ich eine Parteitagsrede unmöglich frei halten könne; und ich eine solche Rede auch nicht ablesen könne, jedenfalls nicht in meinem gegenwärtigen Zustand. Dass das ein viel zu großes Risiko sei: für mich, für den Wahlkampf und für die Rede. Und er ließ Hannah kommen, die das wie kein anderer beherrsche, das Schneiden und Umschneiden und Zusammenschneiden politischer Reden.

Einstweilen blätterte März in Prospekten. Er suchte nach einem Stock für mich. Ein orthopädischer Stock statt einer Krücke. Wenigstens das, so März. Ein Stock, der, so März, aussehe wie ein Spazier- oder Wanderstock. Damit sollte ich ab jetzt gehen. Ein durchaus sportlicher Stock, der zugleich Assoziationen ins Staatsmännische eröffne. Der Staatsmann schreitet mit seinem Stock – aus feinstem Holz. Ein Stock, so feinsinnig geschnitzt, dass er fast nicht mehr aussieht wie ein Stock, sondern eher wie ein Stab, den man jederzeit auseinander- und wieder zusammenziehen kann. Wie ein Herrschafts- oder Königsstab, den man mit monarchischen Gesten hält. März zeigte mir das vor dem Spiegel. So gehe das. So.

Er begutachtete all die Stöcke, die uns gebracht wurden. Die meisten waren indiskutabel: biedere Spazierstöcke, Stöcke verziert mit Schwarzwaldschnitzereien,

Altenheimstöcke, Skistöcke. Er entschied sich für einen
Stock aus England. Ein Teleskopstock, den man auseinander- und zusammenziehen kann. Herzog von Edinburgh. So hieß der Stock.

Sie haben einen schönen Stock, sagte eine Dame, die
mir im Klinikpark entgegenkam. Und ich nickte. Sind
Sie wirklich Ministerpräsident? fragte sie, und ich sagte,
dass ich es durchaus sei. Und ihr Mann rief mir zu: Gute
Besserung. Er habe im Radio das Interview gehört.
Das Interview mit Peter Sloterdijk. Ein hochinteressantes Interview. Er habe mich bei der letzten Wahl gewählt.
Und seine Frau habe mich ebenfalls gewählt. Das sei
Ehrensache. Und er werde mich bei der nächsten Wahl
selbstverständlich wieder wählen. Und seine Frau werde
mich bei der nächsten Wahl ebenfalls wieder wählen.
Jetzt erst recht. Und er hob die Hand – wie zu einer
kleinen Faust.

Und auch andere Patienten, die mich sahen, sie versprachen, mich zu wählen. Ich wähle Sie. Und März
winkte ihnen nach. Er war versucht, unter den Patienten
kleine Umfragen durchzuführen: Wen sie wählen würden, wenn nächste Woche Wahl wäre, und die Rückmeldungen, die er zu hören bekam, waren erfreulich, äußerst
erfreulich. Eine englische Patientin nannte mich Prime
Minister. *My dear Prime Minister. How do you do, Mister
Prime Minister.* Und Patienten aus Deutschland schlossen sich ihr an, sagten ebenfalls Premierminister: Guten

Tag, Herr Premierminister. Geht es Ihnen hoffentlich besser, Herr Premierminister.

Jedenfalls ahnte ich etwas von dem Klang des Amtes: Ministerpräsident. Nicht einfach nur Minister oder Präsident, sondern beides zusammen vereint: Ministerpräsident. Und März winkte mich ins Zimmer. So als wäre der Klinikpark ein Schulhof und das Zimmer ein Schulzimmer. Und er bedeutete mir: Regieren! Wenigstens ein bis zwei Stunden am Tag. Um einen Eindruck davon zu bekommen. Aktenstudium. Verwaltungsabläufe. Grundsatzprogramme. Und wieder Aktenstudium. Da mich dieses Studium ermüdete, war ich meist im Bett. Ich nickte den Vermerken wohlwollend, wenn nicht aufmunternd zu, oder nickte über den Vermerken ein und versuchte mich wieder wach zu machen, indem ich heftig nickend Zustimmung äußerte: Genau! So ist es! Oder indem ich mich über einzelne Vermerke echauffierte: Wer hat ihn dazu ermächtigt? Das ist sehr dumm. Das geht ihn gar nichts an! Derart. Und März schien zufrieden damit. Das sei wieder mein früherer Ton. Der alte Ursprung. Und er reichte mir gesundheitspolitische Vorlagen, die ich lesen sollte, aber nicht verstand. Für die Gesundheit und gegen Krankheiten – Derartiges reimte ich mir zusammen. Und ich erinnerte mich, dass meine Schwester als junges Mädchen oft krank gewesen war, und ich erzählte das März, der davon nichts hören wollte. Ich sagte ihm, dass es kaum eine Krankheit gab, die nicht mit meiner Schwester zusammen in einem Bett gelegen hatte. Bekam sie von einem Arzt ein neues Medikament, dann war ihr das, als bekäme sie ein neues Fahrrad. Sie nahm Tabletten nicht für die Dauer einer Krankheit, sondern für immer. Krankheiten und die dazugehörenden Tabletten dauerten bei ihr Jahre. Jahrelange Liaisons. Nie hätte sie sich von einem Medikament einfach getrennt … Doch März meinte, das sei irrelevant, viel zu persönlich, und ich entgegnete, dass ich mich endlich wieder an irgendetwas erinnern wolle, und sei es nur an die Krankheiten meiner Schwester, an ihren strahlenden Gesichtsausdruck, wenn sie ein neues Medikament verschrieben bekam.

So wie auch Hannah, sobald sie zu mir kam, Erinnerungen wachrief. Sie saß mit nackten, aufgestützten Armen vor mir – und rief Erinnerungen wach. Erinnerungen an Erinnerungen … Zum Beispiel Erinnerungen an meine Schulzeit. Hätte sie gesagt: Ich will zu meinem Mann, dann hätte ich geantwortet: Ja, gerne, liebend gerne. Hier bin ich.

Doch sie sagte das nicht. Sie sagte: Dass wir noch die Aufzeichnung für die Rede des Sonderparteitags am 18. Mai vorbereiten müssten. März hatte sich nun endgültig gegen die Jungfernfahrt des Bodenseeraddampfers und für den Sonderparteitag in Hechingen entschieden. Dort sollte ich meine erste Rede halten. Die Rede sollte einem Haus gleichen, mit Fundamenten, die wir bereits jetzt legen würden. Hannah bereitete das Aufnahmegerät vor: Sie wollte einzelne Wörter von mir, die ich ins Mikrophon sprechen sollte. Zuerst einige Partikeln. Das sind Fügewörter, erklärte sie mir. Wörter, die sich fügen und die sich nicht verändern, die man leicht verschieben kann: an den Anfang eines Satzes, in die Mitte eines Satzes oder an das Ende eines Satzes. Je nachdem. Wie man es gerade braucht. An erster Stelle die Modalpartikeln. Das sind Wörter, die keinen Inhalt haben. Also unentbehrliche Wörter, so Hannah. Füllwörter, die nichtssagende Sätze füllen. Wörter wie: Wohl, denn, eben, schon. Und überhaupt und indes und doch …

Derartige Wörter sollte ich sprechen. Sie brauchte Heerscharen solcher Wörter. Zehnmal die Wortfolge: *Und doch, und doch, und doch* … Man hat etwas gesagt, das nichts bedeutet, dann macht man eine Pause und sagt: *Und doch.* Seufzend, grüblerisch, bebend sagt man das. *Und doch.* Und plötzlich ist es, als wäre das vorher Gesagte von Bedeutung. *Und doch denke ich … Und doch glaube ich … Und doch meine ich …* Als hätte man vorher etwas Ungeheuerliches gesagt, obgleich man eigentlich nichts gesagt hat. Und die Zuhörer horchen auf. Und sie hören den nächsten Satz, der wieder nichts bedeutet, und wieder eine Pause, und dann ein Wort wie *gleichwohl* oder *überhaupt.* Die eigentlichen Sätze werde März uns später noch vorlegen. Wir übten zunächst nur die Füge- und Bindewörter. *Indes, wohl denn, denn doch, denn auch …*

70

Sie fragte mich: Ob ich müde sei? Ob es noch gehe? Ob ich einen Kaugummi wolle? Ich nickte. Sie gab mir einen Kaugummi. Das erlebte ich als Hoffnung.

Während März immer noch Überlegungen anstellte, wie ich auf dem Sonderparteitag eine Rede halten könnte, ohne dabei allzu weit laufen zu müssen: etwa vom Auto ins Auditorium oder vom Auditorium auf die Bühne. Schon das war für März viel zu weit. Schreckensbilder quälend langer Gehstrecken. Körperliche Offenbarungseide, Blickorgien für die Opposition. Frau Caillieux von der Wahlkampfzentrale war nun bei ihm – und mit ihr Mitarbeiter, die Pläne ausbreiteten, auf denen die Geh- und Wegstrecken des Parteitags aufgezeichnet waren. Das sei viel zu weit, so März. Er forderte kürzere Gehstrecken, die es nicht gab, und Frau Caillieux bat ihre Mitarbeiter um Vorschläge. Ich warte auf Vorschläge, so Frau Caillieux. Vorschläge, wie man von meinem Bein ablenken könnte. Wie man mittels ablenkender Bewegungen die Bewegungen meines Beines irgendwie tarnen könnte. Wie in der Zauberei.

Man sprach das über mich und mein Bett hinweg. Gleich einem Tischtennisspiel. Vorschlag auf Vorschlag. Und andere Schläge. Und März, der ungehalten war, sagte, er sagte es mehr zu Frau Caillieux als zu mir: Welch ein Rattenschwanz von Problemen sich allein durch mein lädiertes Bein ergeben habe. Wie man unter solchen Bedingungen vernünftig Wahlkampf führen könne …

Während Frau Caillieux die Gehfrage zum Anlass für ein gänzlich neues Paradigma von Wahlkampf nahm. Jenseits aller vertrauten Bewegungen und Bilder. Ein völliger Wechsel. Es gehe darum, mich in ein neuartiges Bild zu tauchen, in das Bild eines wiedergenesenen Ministerpräsidenten, der gar nicht mehr geht, sondern womöglich mit dem Fahrrad fährt. März winkte ab, doch Frau Caillieux blieb dabei: Ein Ministerpräsident, der auf einem Fahrrad in den Parteitag fährt, von der Straße kommend über eine Rampe im Wiegetritt auf die Bühne hinauf – direkt zum Rednerpult. Meine Damen und Herren, der Ministerpräsident – und schon ist er da, auf einem Fahrrad, von dem er nun absteigt. Die anschließende Rede sei angesichts eines solchen Bildes kaum mehr von Bedeutung. Eine Formalität. Eine Nachbetrachtung.

Vorschläge.

März sagte, er werde das prüfen lassen. Er fragte: Ob ich überhaupt Fahrrad fahren könne? Ich wusste es nicht. Ich solle es ausprobieren. Er werde Fahrräder holen lassen, so März, um das zu überprüfen. Er wirkte gereizt angesichts ständig neuer Überlegungen zu der Rahmenhandlung des Parteitags – von der eigentlichen Rede ganz zu schweigen. Am nächsten Morgen rief er mich zu einem Hintereingang der Klinik. Dort stand ein Lieferwagen. Er, März, habe Fahrräder bringen lassen. Um das auszuprobieren, ob ich ernsthaft mit einem Fahrrad in den

Parteitag fahren könnte. Nur ein Versuch, so März. Ein Fahrradexperte werde uns beraten. Der Experte saß bereits auf einem der zahlreichen Fahrräder, die er mitgebracht hatte. Er fuhr um uns herum, ohne abzusteigen. Seine Beine steckten in Klickpedalen. März sagte, das sei Walter. Ein ehemaliger Rennfahrer und Trainer des örtlichen Radvereins. Er, Walter, er werde uns einige Räder zeigen. Und er werde mit mir – gegebenenfalls – Probefahrten unternehmen. Walter grüßte mit einem einzigen Finger. Ein Gruß so beiläufig, so als wäre er schon seit Stunden mit seinem Fahrrad unterwegs.

Die Frage, mit welcher Art von Fahrrad ich fahren sollte: Stadtfahrrad? Tourenrad? Oder Rennrad? Unbedingt mit einem Rennrad, so Walter. Je untrainierter man sei, desto mehr rate er zu einem Rennrad. Allein aufgrund dessen Leichtigkeit. Und er holte aus dem Inneren des Wagens einige Rennräder hervor, deren italienische Namen er andächtig aussprach: Bianchi, Simonelli … Manche Räder hob er eigenhändig in die Luft – und schob sie mir dann zu. Heben Sie mal, Herr Ministerpräsident. Als ich das Rad hob, erschrak ich über dessen Leichtigkeit. Als hätte ich meinen Gehstock in die Höhe gehalten. Und dies sei nur der Anfang, so Walter. Nur der Anfang.

Als März in leisen Worten von meinen Gelenkproblemen sprach, antwortete Walter: Es gibt auf Rennrädern keine Gelenkprobleme. Es gibt auf Rennrädern überhaupt keine menschlichen Probleme. Es herrscht dort

Leichtigkeit und Bewegung und Frieden … Und er stieg auf ein Rennrad, fuhr einige Runden, bog um die Ecke und war für Minuten nicht mehr zu sehen. Als er wieder zurückkam, sagte er: Nur eine Testfahrt. Eine kleine Testfahrt.

März wurde ungeduldig. Die Rede, der Wahlkampf und all die anderen Aufgaben. Ob man baldmöglichst eine Probefahrt mit mir machen könne? Um Klarheit zu gewinnen, ob ich mich – nach meinem Unfall – überhaupt auf einem Fahrrad halten könne. Ob ich eine Schaltung bedienen könne und kleinere Auffahrten hochkäme. Nur darum gehe es.

Aber natürlich, sagte Walter. Er reichte eine Tasche mit Ausrüstungsgegenständen. Ich sollte mich umziehen: Trikot, Sonnenbrille, Handschuhe, Rennschuhe … Ob das nicht übertrieben sei? So März. Doch für Frau Caillieux waren diese Accessoires Zeichen von Zuversicht und Gesundheit.

Auf den ersten Metern war das Fahrrad kaum zu lenken. Es reagierte schlagartig, selbst auf die kleinste Bewegung, in ruckartigen Sätzen, wie ein nervöses Pferd. Man konnte es nicht beruhigen. März musste mich stützen – und irgendwann loslassen. Dann fuhren wir – Walter und ich – einige wenige Kilometer. Ich spürte so etwas wie Leichtigkeit, vielleicht sogar ernsthafte Fähigkeiten. Ob nun eigene Fähigkeiten oder die Fähigkeiten des Fahrrades – was ist der Unterschied, so Walter. Der Unterschied löse sich in Wohlgefallen auf, in eine durchgehende Bewegung. Beim Anblick der ersten Steigung wollte ich absteigen, doch zu meiner Überraschung schob ich den Moment des Absteigens immer weiter hinaus – bis wir oben waren.

Frau Wolkenbauer war außer sich. Wie März es wagen könne, mich ohne Rücksprache mit der Klinik auf ein Fahrrad setzen zu lassen. Dazu noch auf ein Rennrad. Dass das unverantwortlich sei. Und sie fiel März ins Wort, als dieser versuchte, sich zu erklären, und sie sagte ihm: Sie könne das nicht mehr hören, das Wort Wahlkampf. Sie werde das Wort nicht mehr länger hinnehmen. Wahlkampf, Wahlkampf. Es gebe für sie ab jetzt keinen Wahlkampf mehr, sondern nur noch das medizinisch Notwendige. Für sie war das alles eine Spielerei, eine Lächerlichkeit. Von der Belanglosigkeit eines Ring- oder Boxkampfes … Und März erwiderte, dass nicht er am Steuer des Unfallwagens gesessen habe. Dass nicht er für meinen Autounfall verantwortlich sei. Dass der Unfall ein Unfall zur Unzeit gewesen sei. Nicht zeitig genug, um einen neuen Spitzenkandidaten zu suchen, und viel zu spät für eine ausreichende Rekonvaleszenz. Dass er, März, seit Wochen nichts anderes mache als politische Schadensbegrenzung. Dass es wahrlich Leichteres gebe als Politik von einem Krankenhaus aus zu betreiben. Dass dieser Wahlkampf nicht irgendein Wahlkampf sei, sondern ein Richtungswahlkampf. Dass …

Frau Wolkenbauer erwiderte, dass man Derartiges von allen Wahlkämpfen behaupte. Und März erklärte ihr, dass es gerade bei dieser Wahl um Fragen allergrößten Ausmaßes gehe, um Standortpolitik, um Wirtschaftspolitik, um Hunderttausende von Arbeitsplätzen ... Und Frau Wolkenbauer stellte ihm die Frage: Wie ein einzelner Mensch in der Lage sein könne, Hunderttausende von Arbeitsplätze zu retten. Wie das ein Ministerpräsident, der nicht einmal arbeitsfähig sei, schaffen solle ... Und März erläuterte ihr: Es gehe bei einer Wahl nicht um einzelne Menschen, sondern es gehe um Mehrheiten. Um Mehrheiten gehe es, die durch einzelne Menschen geschaffen würden. Darum gehe es. Woraufhin Frau Wolkenbauer sich abwandte und sagte, sie verstehe nichts von Politik – und März stimmte ihr zu.

Später entschuldigte sich März bei ihr: Er ließ ihr aus dem Staatsministerium eine Kiste Wein zukommen. Er versprach ihr, sie künftig in alle weiteren Maßnahmen des Wahlkampfes stärker einzubinden. Er stand draußen auf dem Balkon und rauchte Zigaretten. Er schaute Richtung Wald. Er wirkte müde. Vielleicht weil er an den Wahlkampf dachte. Er dachte pausenlos an den Wahlkampf. Später kam Frau Caillieux von der Wahlkampfzentrale. Er fragte sie: Wie man einen solchen Wahlkampf in meiner Verfassung auf Dauer durchstehen könne? Sie antwortete nicht. Gesetzt den Fall, so März, der Fahrradauftritt beim Hechinger Parteitag wäre ein Erfolg. Was dann?

Der Ministerpräsident könne nicht zu jedem weiteren Anlass mit dem Fahrrad kommen. Er, März, sprach nun von unserem Terminkalender: ein nicht enden wollendes Fließband an Terminen und Verpflichtungen. Wie das möglich sein soll? Wahlkampfauftritt in Ehingen – mit dem Fahrrad. Empfang rumänischer Premierminister, Landesflughafen – Fahrrad. Wie das gehen soll? Der rumänische Premierminister steigt aus dem Flugzeug, und der Ministerpräsident wartet auf dem Rollfeld mit seinem Fahrrad. Für März Undenkbarkeiten.

Frau Caillieux beharrte jedoch auf den Möglichkeiten des Fahrrads. Sie meinte bildliche Möglichkeiten. Das Fahrrad als politisches Bild. Es verkörpere Gesundheit, Natur und Bewegung. Eine rollende Bewegung. Der zukünftige Wahlkämpfer, er sei kein Geher mehr, sondern ein *rouleur* – ein Mensch, der sich auf Rollen und Rädern zu Hause fühle. Ohne Karosserie, ohne Lärm, ohne Motor. Eine Synthese aus Natur und Technik. Sportlichkeit und Eigenständigkeit. Eine sich selbst speisende, sich selbst genügende Bewegung – ohne ein Schieben oder Gehen. Oder ein Gefahren Werden. Das sei die Zukunft des Wahlkampfes.

Frau Caillieux sprach in Bilderfolgen politischer Bewegung. Sie meinte Herrscherbewegung. Und deren Fortbewegung. Ausgehend von der Frage: Wie sich Herrscher in früheren Zeiten fortbewegten? Sie bewegten sich zuerst auf Pferden. Sie waren Reiter. Doch sie stiegen im

19. Jahrhundert von ihren Pferden und wurden zu Gehern. Der Wahlkämpfer als unermüdlich Gehender. Anfänglich noch ein Schreiten, dann mehr und mehr ein gehetztes, geducktes Gehen oder Nachlaufen, am Ende gar ein Hinterherlaufen. Hier bin ich. Bitte wählen Sie mich. Bitte!

Doch der zukünftige Wahlkämpfer, so Frau Caillieux, er sei kein Reiter oder Geher oder Nachläufer mehr, sondern eine radfahrende Erscheinung, ein *rouleur* … Das sei weit mehr als nur eine Begleitbewegung eines Wahlkampfes, das sei dessen Inbegriff und Zukunft …

So weit Frau Caillieux.

März und die anderen saßen sprachlos.

Und warum sollte der Ministerpräsident den rumänischen Premierminister *nicht* mit dem Fahrrad auf dem Landesflughafen abholen? So Frau Caillieux. Was spreche dagegen? Es wäre zumindest ein Bild. Und es gehe in einem Wahlkampf um Bilder. Und sie erklärte, dass es insbesondere Bilder seien, die den Reden eines Wahlkampfs einen Rahmen verleihen, einen Bedeutungsrahmen. Ein Ministerpräsident fährt mit dem Fahrrad auf die Bühne eines Parteitags. Das pariere alle gesundheitlichen Zweifel und Fragen. Es sage mehr als jede Rede. Das sei bereits die Rede, zumindest ihre eigentliche Botschaft. Und die Botschaft sei zugleich politisches Programm … Und ein solches Programm sei nicht wahllos oder zufällig, sondern es entspringe einer persönlichen

Geschichte: ein Ministerpräsident, ein Autounfall, im Krankenhaus, innere Einkehr, neuartige Einsichten, Hinwendung zur Natur – Auftritt beim Sonderparteitag mit dem Fahrrad. All das sei bereits erzählt, noch bevor die Rede überhaupt gehalten sei.

März, der müde war, sagte, er werde darüber nachdenken. Er wollte zu Bett gehen, das sich in einem Schwesternzimmer der Klinik befand. Die Klinik hatte ihm dieses Zimmer extra bereitgestellt. Schon seit Wochen übernachtete er in diesem Zimmer. Manchmal pendelte er, frühmorgens oder spätabends, im Morgenmantel und mit Aktenordnern zwischen unseren Zimmern, ging von meinem Zimmer in sein Zimmer und wieder zurück. Er sah dann aus wie ein Mitpatient. Andere Patienten machten sich darüber lustig. Sind auch Sie nun Patient? Doch März beachtete das kaum. Einmal war sein Klinikzimmer belegt. Doch er ging nicht nach Hause. Er ließ sich ein Faltbett in mein Zimmer bringen, um dort zu schlafen. Nachts sprach er im Schlaf. Oder er lag flüsternd mit seinem Handy unter der Bettdecke. Als Frau Wolkenbauer ihn morgens bei der Visite entdeckte, schimpfte sie nicht, sondern sie lächelte. Manchmal habe ich den Eindruck, er tut ihr leid.

Er werde darüber nachdenken, über Frau Caillieux' Ausführungen und Vorschläge. So März. Frau Caillieux sehe die Dinge sehr kühn und akademisch. Sagte März. Sie habe zahlreiche Bücher geschrieben, insbesondere über Wahlkämpfe. Wahlkämpfe als politisches Play-back. Ein Abspielen. Das seien Wahlkämpfe. Ein Abspielen dessen, was unabweisbar gesetzt sei. Zum Beispiel das Abspielen vorproduzierter Reden. Das seien Wahlkämpfe. Perfekte Reden, Reden an der Grenze zur Musik, symphonische Kunstwerke, die sich in ständiger Wiederholung verbreiten. So sehe sie Wahlkämpfe. Oder Wahlkämpfe als Bilder und Erzählungen. Jeder Wahlkampf sei eine Abfolge großer und kleiner Erzählungen. Gelebte Romane. Getragen von universalen Handlungen ... Nun also ihre Fahrradidee. März fragte mich, was ich von der Idee halte? Zum ersten Mal fragte er mich, was ich von einer Sache halte.

Später sagte er: Es bleibt wohl nichts anderes übrig. Er sagte das seufzend. Und für einen Moment hörte ich den Tonfall meines Vaters. Wie mein Vater, Bertram Ursprung, das gesagt hätte: Es bleibt wohl nichts anderes übrig.

Und März saß wieder am Telefon: Man müsse den Radtrainer Walter holen. Er müsse einen Trainingsplan für mich erstellen. Und er telefonierte mit der Abteilung REDEN im Staatsministerium, dass all meine Reden künftig Umweltschutz und Natur zum Thema haben sollten, ausgehend vom Fahrrad. Und er telefonierte mit Hannah, dass wir beide, sie und ich, unter Hochdruck an der Aufzeichnung der Rede zum Sonderparteitag arbeiten sollten. Dass man die Rede an einigen Stellen umformulieren müsse, dass man das Thema Radfahren in aller Deutlichkeit anschlagen müsse, und einiges mehr.

Wann mein Vater das gesagt habe? fragte Frau Wolkenbauer. Es bleibt wohl nichts anderes übrig. Bei welchen Gelegenheiten er das gesagt habe? Meine Antwort: Wenn er sich in Unvermeidliches fügte. Und wann fügte er sich in Unvermeidliches? Ich antwortete: Eigentlich immer. Das ganze Leben schien ihm unvermeidlich.

Als ich zu Hannah kam, sagte sie, sie wolle hinaus, raus aus dem Dunkel des Tonstudios, hinaus auf den Balkon, um ein wenig in der Sonne zu sitzen. Es war weniger ein Sitzen als ein gemeinsames Lehnen. Wir lehnten uns an die Wand. Sie sagte: Wir können das auch noch später aufzeichnen. Oder draußen aufzeichnen. Sie nahm ein Aufnahmegerät mit auf den Balkon. Wir waren immer noch bei der Aufzeichnung einzelner Wörter oder halber Sätze. Sie hielt mir das Mikrophon entgegen. Wie eine eifrig wartende Reporterin. Ich sollte Wörter sprechen wie: innere Einkehr, neuartige Einsichten, Hinwendung und Natur. Sie lächelte mich an, wenn ich ein Wort besonders gut gesprochen hatte. Zum Beispiel das Wort Natur. Ihr gefiel es, wie ich dieses Wort sprach. Natur, Natur, Natur. Oder das Wort Wahlkampf. Der Wahlkampf. Ein langer und schwieriger Wahlkampf ... Und ich erzählte ihr, was ich gedacht hatte, als ich das Wort Wahlkampf zum ersten Mal gehört hatte. Ich hatte an Wale gedacht. Zwei Wale, die aufeinander zuschwimmen und sich bekämpfen. Und Hannah fragte: Ob ich das schon vor dem Unfall oder erst nach dem Unfall gedacht hätte? Und ich antwortete: Wahrscheinlich erst nach dem Unfall. Denn ich wusste kaum, was ich vor dem Unfall alles gedacht hatte – zumindest als Ministerpräsident gedacht hatte. Und Hannah fragte: Ob das nicht schlimm sei? Nicht zu wissen, was man als Ministerpräsident früher einmal gedacht hatte? Und ich antwortete: Eigentlich nein. Und sie stimmte mir zu: Vielleicht sei das in der Tat gar nicht so schlimm.

März fragte Frau Wolkenbauer nun um Erlaubnis: Ob Walter mit mir einige Trainingsfahrten unternehmen dürfe? Was sind das für Trainingsfahrten? fragte Frau Wolkenbauer. Nur ganz kurze Ausfahrten. So März. Eine Art Grundlagentraining. So März. Das habe Walter ihm versichert. Frau Wolkenbauer: Ob ich nicht genauso gut auf einem Ergometer in der Klinik trainieren könnte? Dass das nicht gehe, so März, dass ich während des Wahlkampfes tatsächlich auf einem Fahrrad sitzen müsse, dass ich bei dem Sonderparteitag mit dem Fahrrad sogar eine steile Rampe hochfahren müsse. Dass Walter das mit mir trainieren wolle. Frau Wolkenbauer sagte: Sie könne die Verantwortung für derlei Ausfahrten nicht übernehmen. Und März antwortete: Sie müsse gar keine Verantwortung übernehmen. Er bitte sie lediglich um Erlaubnis. Und Frau Wolkenbauer entgegnete: Sie könne ihm die Erlaubnis nicht erteilen. Und März erklärte ihr, dass der gesamte Wahlkampf von meiner gereiften Fähigkeit abhänge, überzeugend auf einem Fahrrad zu sitzen. Für Frau Wolkenbauer eine Lächerlichkeit.

Er verdeutlichte ihr, was von der Wahl alles abhänge, nicht nur für die Partei, sondern für das ganze Land. Es gehe um zweihunderttausend Arbeitsplätze. Er sagte das in einem heiligen Ernst. Zweihunderttausend Arbeitsplätze! Frau Wolkenbauer antwortete: Sie könne nicht ersehen, wie man durch meine Radfahrerei irgendeinen Arbeitsplatz retten könnte.

März stand sprachlos. Dass sie das nicht ermessen könne. Was ein Wahlkampf sei. Was zweihunderttausend Arbeitsplätze seien. Zweihunderttausend. Ich sollte das im Tonstudio immer wieder sprechen. Allein diese Zahl. Zweihunderttausend. Nüchtern gesprochen, sachlich gesprochen, dann wieder in einem erstickten Ton. Zweihunderttausend. Und noch einmal. Mit weinerlicher Stimme gesprochen. Zweihunderttausend. Diesmal aufbrausend gesprochen. Als wäre das eine Idee der Opposition. Zweihunderttausend Menschen, die verenden, die versinken, die untergehen, wenn nicht ich, wenn nicht Ursprung. So sollte ich das sprechen.

Ob Hannah bei unserer ersten Trainingsfahrt gerne mitfahren würde? fragte ich sie. Walter hatte unzählige Fahrräder mitgebracht. Doch sie sagte nein. Bitte nicht. Dafür kam März mit uns, um sich ein Bild zu machen – und mit ihm drei Sicherheitsbeamte. Walter verteilte Fahrräder und Helme und Trikots. Für März waren das modische Albernheiten, doch Walter ließ sich davon nicht abbringen.

Wir übten Rampen: zum Beispiel eine Rollstuhlauffahrt am Eingang der Klinik oder eine Auffahrt hinter der Klinikküche. Anfahren, runterschalten, dann im Wiegetritt nach oben. So gehe das. Walter machte es vor. Mit einigen beiläufigen Pedalumdrehungen war er oben. Wir sollten es nachmachen. März war ungehalten. Er traf die Pedale nicht. Er verschaltete sich. Um ein Haar wäre er gestürzt. Walter munterte ihn auf: Nur weiter … Wir fuhren nun in eine Tiefgarage. März rief ihm nach: Was sollen wir in einer Tiefgarage? Dass das ein ideales Übungsterrain sei, so Walter. Und wir fuhren von Rampe zu Rampe, von Zwischendeck zu Zwischendeck, von unten bis ganz nach oben, auf das Dach der Garage. Er rief März zu: Denken Sie an den Sonderparteitag. Denken Sie an die Auffahrten und an die Rampe. Und er empfahl März, entspannt zu bleiben. Eine Steigung zu akzeptieren. Ein Anstieg sei eine Frage von Balance und Rhythmus, ein Rhythmus von Pedalumdrehungen und Atem. Die Kunst der richtigen Gangwahl, das Herstellen von Leichtigkeit bei aller Steilheit. März war außer sich. Walter fuhr tänzelnd um ihn herum. März fuhr in Schlangenlinien. Walter sprach von Rhythmus. Alles eine Frage von Rhythmus. Und März rief: Dass er nun absteigen werde, und Walter antwortete: Das Schöne am Radfahren sei, dass es immer weitergehe.

März ließ sich in der Klinik von Frau Wolkenbauer behandeln: sein schmerzendes Gesäß, seine Kreislaufschwäche und einen noch nie da gewesenen Muskelkater. Er wurde in ein Krankenzimmer gebracht, in dem er ruhen sollte. Später ließ er uns einen Zettel zukommen mit handgeschriebenen Sätzen für die Sonderparteitagsrede, Fahrradsätze, die wir noch in die Rede einbauen sollten, Sätze wie: Ein Anstieg ist eine Frage von Balance und Rhythmus, ein Rhythmus von Pedalumdrehungen und Atem. Die Kunst der richtigen Gangwahl, das Herstellen von Leichtigkeit bei aller Steilheit. Eine Form von Meditation. Das sollte ich sprechen.

Und es kamen weitere Sätze. Sätze von Frau Caillieux, Sätze aus der Abteilung REDEN des Staatsministeriums. Sätze wie: Bevor nicht der CO_2-Ausstoß in unserem Land um 20 Prozent gemindert ist. Erst dann werde ich wieder von meinem Rad steigen. Erst dann … Derartige Sätze sprach ich, und März war zufrieden damit. Und Frau Caillieux sagte: Dass die Begründungsnotwendigkeiten sich ab jetzt ins Gegenteil verkehren würden. Nicht mehr die Frage: Warum fährt dieser Ministerpräsident mit dem Fahrrad? Sondern umgekehrt: Warum hält er sein Versprechen nicht? Warum ist er plötzlich ohne Fahrrad? Also sei er ab jetzt nur noch radfahrend denkbar, eine endlose Radfahrt im Namen einer Zahl: 20 Prozent CO_2.

Was CO_2 ist und was CO_2 bedeutet? Ich wusste es nicht. Ob ich das schon vor meinem Unfall nicht gewusst hatte oder erst nach meinem Unfall nicht wusste – ich wusste es nicht. Jedenfalls war CO_2 eine wichtige Sache. Je weniger davon, desto besser. Genau wie Arbeitslosigkeit. Je weniger, umso besser. März sagte: Wir haben nun ein Wahlziel. Nicht nur, dass ich Ministerpräsident bleiben sollte, sondern auch noch 20 Prozent weniger CO_2. Das ist ein Grund, das ist ein Ziel, das ist eine Vision.

Ich fragte März, was das bedeute? 20 Prozent weniger CO_2? Er konnte es mir nicht genau sagen. Und auch Hannah konnte es mir nicht wirklich sagen. Sie antwortete: 20 Prozent, das sei eine Zahl. Eine Zahl für eine Rede. Seit langer Zeit sei das eine Rede, die etwas sage. Wir brauchten auch keine weiteren Partikeln mehr. Keine Denns, keine Überhaupts, keine Dochs … Sie seien kaum mehr nötig. Sie brauchte nur noch Wortfolgen wie: Für das Land … Für unser Land … Für dieses, unser aller Land … Für uns alle … Für unsere Kinder … Und Kindeskinder …

Später fragte sie mich, mit einer überraschenden Plötzlichkeit, welche Bücher ich gerne lesen würde?

Welche Bücher ich gerne lese?

Ja.

Ich wusste es nicht.

Wie man so etwas nicht wissen könne.

Vielleicht durch den Unfall, gab ich zur Antwort.

Das glaubte sie nicht. Ich hätte das vor dem Unfall wahrscheinlich genauso wenig oder noch weniger gewusst als nach dem Unfall. Und sie wiederholte ihre Frage: Welche Bücher ich zurzeit lesen würde?

Akten.

Ob das alles sei?

Nein.

Was also sonst?

Einen Bildband.

Einen Bildband?

Sowie ein Buch über Landkreise und Kommunalpolitik. März hatte mir diese Bücher gegeben. Um mich auf dem Laufenden zu halten.

Sonst würde ich also nichts lesen?

Doch.

Was?

Ich hatte kaum Zeit zu lesen.

Ob ich mich für Literatur interessierte?

Ja, natürlich.

Für welche Autoren?

Für zahlreiche Autoren.

Welche?

Ich überlegte.

Wer mein Lieblingsautor sei?

Es seien einige Autoren.

Welche?

Zum Beispiel …

Ja?

Schiller.

Schiller?

Ja, Schiller.

Welche Autoren ich sonst noch schätzen würde?

Ich überlegte.

Sie wartete …

Da ist natürlich Schiller.

Natürlich Schiller.

Friedrich Schiller.

Friedrich Schiller. Wer noch?

Schiller. Er schaute vom Eingang unseres Gymnasiums herab. Er schaute direkt auf den Schulhof. Er wirkte noch jung. Als wäre er selbst Schüler an unserer Schule gewesen. So jung wirkte er. Also Schiller. Natürlich waren da noch andere Dichter, die man nennen könnte. Dichter wie … Dichter, die zweifellos da waren, in entfernten Erinnerungen, die mir nur entschwunden waren. Gerade weil sie so selbstverständlich immer da gewesen waren, weil ich sie so oft ausgesprochen hatte, fast so oft wie Montag, Dienstag, Mittwoch, gerade deshalb waren sie mir nun entschwunden.

Ich versuchte, ihr das zu erklären. Dass das eine Folge des Unfalls sei. Dass mit einem Schlag die Namen wieder zurückkommen würden. Doch Hannah sagte: Es sei gar nicht der Unfall. Ich hätte mein Leben lang nur ein paar Namen im Mund getragen.

Sie reichte mir Bücher. Bücher, die sie selber gerade las oder in letzter Zeit gelesen hatte. Zum Beispiel ein

Buch von Franz Kafka. Als ich das Buch in den Händen hielt, war mir der Name wieder vertraut. Oder ein Theaterstück von Heinrich Leopold Wagner. Es hatte den Titel *Die Kindermörderin*. Warum sie solche Bücher lese? *Die Kindermörderin*. Weil sie gerne Bücher lese, die zum Äußeresten gehen, sagte sie. Sie zeigte mir auch ein Gedicht von Schiller. Es hatte fast denselben Titel: *Die Kindsmörderin*. Vielleicht zeigte sie es mir, um zu zeigen, wie sehr die Dinge zusammenhängen. Vielleicht.

Ich las Hannahs Bücher nachts, manchmal auch tags, dann lagen ihre Bücher zwischen Aktenordnern versteckt. Ich las sie, wenn März nicht da war oder wenn März telefonierte, denn er war eigentlich fast immer da. Und ich fragte ihn, welche Bücher er gerne lese? Und er wirkte perplex. Was das für eine Frage sei. Er lese Wahlpapiere. Parteiprogramme. Akten. Gesetzesvorlagen … Und einiges mehr. Doch ich fragte ihn nach Büchern. Welche Bücher er gerne lese? Und er winkte ab. Dazu fehle jede Zeit. Ob ich nicht sehe, was hier los sei. Er habe früher einmal Bücher gelesen. Zum Beispiel als Student. Welche Bücher? – fragte ich. Und er antwortete: Zum Beispiel das Buch, das er Frau Wolkenbauer gegeben hatte. *Die zwei Körper*. Von Ernst Kantorowicz. Eine Studie politischer Theologie. Das sei ein Buch, das ihn bewegt habe und immer noch bewege. Und ich sagte ihm, dass auch ich dieses Buch gerne lesen würde. Doch März entgegnete: Dazu sei keine Zeit. Der Hechinger Parteitag. Er rücke näher und näher. Es waren nur noch fünf Tage, die uns blieben. Und März sagte: Meine Umfragewerte, sie seien bedrohlich, die schlechtesten Umfragewerte seit Monaten … Doch er sagte das so, als hätte er keine Angst mehr vor diesen Werten. Er erlebte sie fast gelassen. Wie ein Luftholen und Anlaufnehmen vor gewaltigen Ereignissen: meine Entlassung aus der Klinik und dann der Parteitag …

Frau Caillieux erklärte, der Parteitag, er sei ein *turnaround*. Das Herumreißen des Steuers zu rechten Zeit. Oder eine Form von politischer Dialektik, wenn sich Extreme innerhalb von Stunden ins Gegenteil verkehrten. Sie saßen gemeinsam, Caillieux und März, an einem Tisch und studierten Umfragekurven, die fast so aussahen wie Blutdruckkurven. Sehen Sie mal, Herr Urspring, rief Frau Caillieux, sehen Sie diese Umfragekurve. Die Kurve ging steil nach oben (mit meinem Unfall), sackte dann ab, nach nur vier Wochen Krankenhaus, bäumte sich noch einmal auf, nach dem Interview mit Peter Sloterdijk, um seither stetig bergab zu gehen, ein Absacken aller Sympathie-, Besorgnis-, Mitfühl- und Vertrauenswerte. Nichts als Schwundwerte. Die Menschen, sie fragen sich: Was ist denn nun? Man hört ja nichts. Es passiert ja nichts.

Doch mit dem Sonderparteitag, so März, werde sich all das innerhalb von Stunden wenden, werden sich Fragen zu umfassenden Antworten bündeln: Ja, der Ministerpräsident wird aus dem Krankenhaus entlassen. Ja, er ist arbeitsfähig. Er wird auf dem Sonderparteitag eine Rede halten. Nicht irgendeine Rede, sondern eine fünfundfünfzigminütige Grundsatzrede. Die Rede, sie war nun fertig gesprochen. Und März war zufrieden mit dieser Rede. Man musste die Rede nur noch synchronisieren, sie mit Mund- und Gesichts- und Handbewegungen begleiten. Doch dies seien nur noch Feinarbeiten, die eine Physiotherapeutin mit mir üben sollte: die Kopfhaltung während der Rede, entschiedene Nickbewegungen während der Rede, aufmunternde Handgesten, innige Fingerzeige, betroffene Pausen, visionäre Armbewegungen, ein Öffnen der Arme – während ich über Kopfhörer die Rede hörte, eine Rede, die ich nicht immer verstand, die mir aber immer vertrauter wurde. Mit einem Thera-Band übten wir das Ausbreiten der Arme oder das Zeigen nach oben. Ein Hervorschnellen mit ausgestrecktem Zeigefinger … Und ich fragte März, der uns zuschaute, ich fragte ihn aus einem Gefühl der Neugierde heraus: Da das eine Parteitagsrede sei, für welche Partei ich die Rede dann halten würde? März wirkte überrascht. Er antwortete: Natürlich für unsere Partei. Ich fragte ihn: Was ist das für eine Partei? Er blickte fassungslos. Dann ging er aus dem Zimmer. Nach einigen Minuten kam er wieder zurück und nannte mir die Partei. Als ich den Namen der Partei hörte, klang mir das vertraut. Als wäre ich schon immer in dieser und in nie einer anderen Partei gewesen.

Es gab auch keinen Zweifel mehr, dass ich am Tag des Sonderparteitags aus der Klinik entlassen werden würde. Frau Wolkenbauer fand kaum mehr Einwände, die sie hätte vorbringen können. Sie war immer seltener zu sehen. Und wenn sie zu sehen war, dann sagte sie: Jede medizinische Ordnung sei ohnehin längst verloren. Selbst mein Krankenzimmer sah kaum mehr aus wie ein Krankenzimmer, sondern eher wie ein Büro oder Konferenzzimmer. Auf den herbeigeholten Tischen standen Faxgeräte, Computer, unzählige Aktenordner. Wie eine geregelte Behandlung unter diesen Umständen überhaupt noch möglich sein könne, fragte Frau Wolkenbauer, und niemand antwortete ihr. Sie sagte zu März: Ich sei nur bedingt arbeitsfähig. Dass er das ja wisse. Dass sie ihm das wiederholt gesagt habe. Ich sei – strenggenommen – in keiner Weise arbeitsfähig. März tat das als maßlose Übertreibung oder medizinische Rechthaberei ab. Reden Sie mit Walter, sagte er. Walter sei mit meinem Trainingszustand mehr als zufrieden. Dass es darum nicht gehe, erwiderte Frau Wolkenbauer. Und sie fragte ihn: Was nach dem Parteitag geschehen werde? Wenn weitere Reden gehalten werden müssten? Wenn ich meine Amtsgeschäfte wieder aufnehmen würde? Wie das alles gehen solle? Und März erklärte ihr, dass nach dem Sonderparteitag ohnehin der Wahlkampf beginne und dass in einem Wahlkampf mehr oder weniger gleichlautende Reden gehalten würden. Hannah habe aus der Urrede des

Sonderparteitags Varianten erstellt. Man könne diese Varianten an jeden beliebigen Anlass anpassen: Ob nun eine Rede auf dem deutschen Imkertag oder eine Ansprache zur Eröffnung einer Umgehungsstraße. Die tontechnischen Möglichkeiten, die Rede immer wieder neu zu variieren oder umzustellen, sie seien mannigfach. Ich würde des Weiteren durch Plakate und Fernsehspots entlastet. Denn mit dem Sonderparteitag beginne auch der Wahlkampf auf Plakatwänden und in anderen Medien, mit eindrucksvollen Bildern, die teilweise schon gemacht worden waren, insbesondere auf meinen Trainingstouren mit Walter ...

Doch Frau Wolkenbauer blieb dabei: Der Ministerpräsident sei nicht arbeitsfähig. Und damit auch nicht wahlkampffähig. Dass meine Erinnerungen weit davon entfernt seien, wieder ein Teil von mir zu sein. Und umgekehrt. Dass ich weit davon entfernt sei, ein Teil meiner Erinnerungen zu sein. Dass der Ministerpräsident unter diesen Voraussetzungen kaum arbeitsfähig sei. Dass ...

März winkte ab. März beschwichtigte. März sagte: Ich hätte ein famoses Gedächtnis. Sie könne das jederzeit überprüfen. März forderte mich auf, Ministernamen aufzusagen – und andere Namen, die ich nun aufzählte. Ich könne ihr zwölf verschiedene Staatssekretäre nennen. Aus dem Stegreif. Und ich begann damit, einige Staatssekretäre aufzulisten ... Frau Wolkenbauer erwiderte: Dass es damit nicht getan sei, mein Gedächtnis aufzufüllen, mit Ministerbildern, Aktenvermerken und Verwaltungsvorschriften. Man solle mich erinnern lassen. Statt mich immerzu aufzufüllen. Sie sprach von Erinnerungsarbeit. Eine solche Arbeit habe in letzter Zeit kaum mehr stattgefunden. Sie sei verschüttet worden von einem ständigen Fließband des immer Gegenwärtigen. Man nehme mir, dem Ministerpräsidenten, die Möglichkeit des Erinnerns. Wie könne ein Mensch er selbst sein, wenn man ihn nicht sich erinnern lasse.

März gelobte Besserung. Er sprach von einer Notlage und von der Zeit nach dem Wahlkampf. Dass diese Zeit eine gänzlich andere Zeit sein werde. Dass vieles dann besser sein werde. Dass dann auch Zeit für Erinnerungen sei. Er reichte ihr Konfekt. Ein Geschenk der Landesregierung – während er schon dabei war, den Zeitplan der Anfahrt zum Parteitag zu besprechen: Um 12 Uhr ein letztes Mittagessen in der Klinik. Um 13 Uhr eine Ansprache an die Pfleger und Ärzte. Geschenke. Um 14 Uhr dann der Abflug mit dem Hubschrauber nach Hechingen. Landung bei der Hohenzollernburg. Willkommensgruß durch die Stadtkapelle Hechingen. Fahrt mit dem neuen Dienstwagen zur Burg. Empfang im Burghof. Danach Rundgang durch die Burg, kurzes Gedenken an der ehemaligen Ruhestätte Friedrichs II., Kaffee und Kuchen in der Burgschenke, Ankleidung zur Anfahrt mit Fahrrad von der Burg zum Sonderparteitag …

Später brachte mich Frau Wolkenbauer zum Röntgen.

Sie sagte, sie habe für Röntgenräume nicht viel übrig, doch in diesem Raum sei sie wenigstens noch Arzt und ich immer noch Patient. Sie ließ einige Röntgenaufnahmen machen, dann schickte sie mich zum CT und zu anderen Untersuchungen, um mich später dann in einen Nebenraum zu holen. Sie sagte: Sie würde an meiner Stelle zurücktreten …

Zurücktreten?

Jawohl, zurücktreten.

Warum?

Weil ich, so Frau Wolkenbauer, gesundheitlich nicht dazu in der Lage sei, das Amt eines Ministerpräsidenten zu bekleiden. Wenn mir meine Gesundheit lieb sei, dann solle ich die Konsequenzen ziehen und zurücktreten.

Ich: Wie soll das gehen?

Sie: Indem Sie einfach zurücktreten.

Ich: Das ist gar nicht möglich.

Sie: Warum nicht?

Ich: Der Wahlkampf, die Rede, März …

Sie: Sie sind der Ministerpräsident. Also können Sie jederzeit als Ministerpräsident zurücktreten. Niemand kann Ihnen das verbieten.

Ich: Dass ich nicht wisse, was dann geschehen werde.

Sie: Es werde sich etwas finden.

Ich: Dass ich nicht wisse, was ich nach einem Rücktritt tun solle.

Sie: Sie könnten wieder gesund werden.

Ich: Dass ich nicht einmal wisse, wo ich nach meinem Rücktritt überhaupt hingehen könnte.

Sie: In eine Anschlussheilbehandlung. In eine Rehaklinik. Es gebe zahllose Möglichkeiten.

Ich: Welche Möglichkeiten?

Sie: Sie könnten irgendwann sogar daran denken, wieder nach Hause zu gehen.

Nach Hause gehen?

Ja, nach Hause gehen.

Ich wusste nicht einmal wirklich, wo zu Hause überhaupt war, wie es aussah, in welcher Gegend es lag. Es lag unter Bäumen und hinter einer dunklen Mauer. Es erinnerte an eine Burg. Und in den Zimmern herrschte Totenstille. Mehr wusste ich nicht.

Ich erklärte ihr: Alles sei jetzt genau geplant. Jeder Tag, jede Nacht, jede Stunde, jeder Hubschrauberflug, jede Autofahrt … Dass mir das eine Hilfe und eine Stütze sei …

Sie antwortete nicht.

Dass es mir besser gehe als es vielleicht den Anschein habe.

Sie sah das genau umgekehrt.

Dass ich, falls sie das wünsche, nach dem Wahlkampf wieder in die Klinik zurückkehren könnte …

Ihre Antwort: Die Klinik sei kein Hotel. Man könne nicht nach Belieben kommen und gehen. Man könne nicht einfach eine Behandlung abbrechen, einen Wahlkampf machen und dann wieder in die Klinik zurückkehren. Dass ich nach dem Wahlkampf womöglich noch weniger Zeit hätte als während des Wahlkampfes. Dass mein Leben als Ministerpräsident dann ein endloses Weiter So und Immer Weiter So sei …

Auf dem Gang hörte man März, der nach mir suchen ließ. Wo ich sei? Er brauchte Unterschriften. Eine Pflegerin schickte ihn zu uns hinein. Frau Wolkenbauer empfing ihn unwillig. Sie sagte: Das sei ein Behandlungszimmer.

Selbstverständlich, so März.

Sie führe mit mir ein Arztgespräch.

Jawohl, ein Arztgespräch, so März. Er setzte sich zu uns und fragte, ob es Neuigkeiten gebe?

Die Neuigkeit, so Frau Wolkenbauer, dass ich dem Ministerpräsidenten soeben empfohlen habe, von seinen Ämtern zurückzutreten.

Zurückzutreten?

Aus gesundheitlichen Gründen.

März schloss die Tür. Er fragte: Welche gesundheitlichen Gründe?

Frau Wolkenbauer: Sie kennen die gesundheitlichen Gründe. Er ist nicht arbeitsfähig.

März: Natürlich ist er arbeitsfähig.

Wolkenbauer: Er hat gravierende Erinnerungslücken. Er leidet an verschiedenen Formen von Amnesie und dissoziativer Identitätsstörung …

März: Ob man das auf Röntgenaufnahmen sehen könne?

Wolkenbauer: Man erlebt es, wenn man mit ihm spricht.

März: Er erlebe etwas völlig anders. Er erlebe mich ausgeruht, erwartungsvoll und zuversichtlich. Ein Rücktritt sei außer Frage.

Wolkenbauer: Meine Kollegen und ich sehen das anders.

März: Ich könne nicht zuerst monatelang im Krankenhaus liegen und nicht zurücktreten und dann unmittelbar vor meiner Entlassung meinen Rücktritt erklären. Das sei unglaubwürdig.

Wolkenbauer: Es gehe nicht um Glaubwürdigkeit, sondern um meine Gesundheit. Es gehe um Zeit, die mir eingeräumt werde, wieder gesund zu werden. Darum gehe es.

März winkte ab.

Frau Wolkenbauer: Ein Mensch hat das Recht zu wissen, wer er ist.

März: Er ist Ministerpräsident.

Wolkenbauer: Auch ein Ministerpräsident hat das Recht zu wissen, wer er ist.

März: Er ist Ministerpräsident, und wird es auch bleiben.

Wolkenbauer: Er hat nicht nur das Recht zu wissen, wer er ist, sondern auch zu erfahren, wer er einmal war und eigentlich sein möchte.

März: Dass der Ministerpräsident nie etwas anderes habe sein wollen als Ministerpräsident. Dass ich nicht einfach, mir nichts, dir nichts, zurücktreten könne. Am allerwenigsten jetzt, kurz vor einer Landtagswahl. Wie sie sich das vorstelle …

Wolkenbauer: Indem er einfach zurücktritt. In ganz einfachen Worten. Hiermit trete ich zurück.

März: Dass das eine Katastrophe wäre, eine Katastrophe für die Partei und für das Land. Was das bedeuten würde: eine Partei ohne Spitzenkandidat. Zwölf Wochen vor der Wahl. Rücktritt. Dass man ein solches Wort nicht einmal denken, geschweige denn aussprechen dürfe. Er erinnerte sie an ihre ärztliche Schweigepflicht. Dass man der Partei einen solchen Rücktritt (ein Rücktritt zur Unzeit) nie verzeihen würde. Dass die Wahl damit verloren wäre. Und mit der Wahl das Land – in den Händen der Opposition. Nach einem halben Jahrhundert fortwährenden Regierens. Wie sie sich das vorstelle. Dass es Jahre, wenn nicht Jahrzehnte dauern würde, bis die Partei wieder Regierungsverantwortung übernehmen dürfe. Dass ein Ministerpräsident nie allein abtrete, sondern mit seinem Abtritt unzählige Menschen mit sich reiße. Dass er, März, verheiratet sei und Kinder habe. Dass unzählige Mitarbeiter verheiratet seien und Kinder hätten. Dass zahllose Menschen von einem solchen Rücktritt betroffen wären. Dass es jetzt an mir sei, zu entscheiden, wer ich sein wolle oder nicht sein wolle, ob Ministerpräsident oder nur eine Episode, eine Fußnote, eine entfernte Erinnerung …

Er lief auf und ab, musterte die Wände und das Fenster: Als ob irgendjemand von all dem gehört haben könnte. Dann legte er seine Hand auf meine Schulter: Dass wir das gemeinsam durchstehen würden. Dass wir uns nicht auseinanderbringen lassen würden. Er brachte mich auf mein Zimmer, während ich ihm erklärte: Dass Frau Wolkenbauer das so nicht gemeint habe. Dass sie sich für Politik nun einmal nicht interessiere, sich darin überhaupt nicht auskenne – dass man das Wort Rücktritt im Übrigen auch ganz anders verstehen könne. Ich werde getreten, also trete ich zurück. Auch so könnte man das verstehen.

März, der gereizt reagierte, sagte, dass man sich mit einem solchen Wort keinen Spaß erlauben dürfe. Unter keinen Umständen. Ich dürfe nicht einmal im Schlaf an so etwas denken. Nicht einmal im Schlaf.

Als ich am Abend Frau Wolkenbauer rief, kam sie nicht. Ich wollte mit ihr über Erinnerungen sprechen, zum Beispiel eine Erinnerung an einen Geburtstag, den ich während meiner Kindheit erlebt hatte. Ich durfte an diesem Geburtstag einen Freund einladen. Das war etwas Besonderes. Vielleicht sogar etwas Einmaliges. Weil ich sonst nie Freunde zum Geburtstag einladen durfte. Er kam nachmittags. Gemeinsam saßen wir an einem runden Tisch und tranken Limonade und aßen Kuchen. Wir saßen feierlich. Wir sprachen kaum, doch wir saßen feierlich an einem Tisch. Fast wie Erwachsene. Das war es, woran ich mich erinnerte, die Feierlichkeit von all dem. Und ich wollte mit Frau Wolkenbauer darüber sprechen, ob das eine wirkliche Erinnerung war, oder ob ich mir diese Erinnerung womöglich nur eingebildet hatte. Vielleicht hätte sie gesagt: Was ist der Unterschied.

Doch sie kam nicht. Eine Pflegerin sagte: Sie, Frau Wolkenbauer, habe Zimmerverbot. Sie sagte das im Spaß, vielleicht meinte sie es aber auch ernst.

Was ich ihr ebenfalls erzählen wollte: Als ich vor dem Röntgenzimmer saß und auf sie gewartet hatte. Das Wartezimmer war fast leer gewesen. Es saß dort nur ein einziger Mensch – hinter einer Wand. Nur die Beine und seine gefalteten Hände konnte man sehen. Und obwohl er eigentlich nicht zu sehen war, hatte ich ihn deutlich vor Augen: das Bild eines Menschen, der geduldig sitzt und wartet. Kein drängendes Warten, sondern ein versöhntes Warten, das Warten eines Menschen, dem bereits geholfen wurde, in vielen kleinen Handreichungen und Behandlungen. Er war noch nicht ganz gesund, aber auch nicht mehr schwer krank. Das glaubte ich zu sehen, obgleich ich ihn gar nicht wirklich sah. Ich wollte mich zu ihm setzen, doch ich tat es nicht. Ich wollte dieses Bild nicht stören. Jeden Moment würde eine Tür aufgehen, und ein Arzt könnte diesen Patienten hereinrufen und sich seiner annehmen. Um nichts auf der Welt wollte ich diesen Moment stören.

Vor meinem Zimmer saßen nun zwei Sicherheitsbeamte. Als ich heraustrat, grüßten sie, indem sie salutierten. In den Wochen zuvor waren sie kaum zu sehen gewesen oder nur dann, wenn ich draußen spazieren ging oder mit Walter Fahrrad fuhr. Nun saßen sie direkt vor meinem Zimmer. Nach und nach wurde das Zimmer nun geräumt. Taschen und Koffer wurden für meine Abreise gepackt. Fast zwölf Wochen war dieses Zimmer mein Zuhause gewesen, hatte ich in diesem Zimmer gelegen, gesessen, gelesen, geschlafen, Blumensträuße gezählt, Akten studiert, mit Frau Wolkenbauer gesprochen, mich erinnert, mit Hannah Wörter geübt und mit ihr zusammen Musik gehört, und vieles mehr …

März sprach von besenrein. Besenrein sollte mein Zimmer der Klinik übergeben werden. Mitarbeiter des Staatsministeriums trugen Computer und Faxgeräte nach draußen. Sie fegten und wischten. Das Zimmer sollte tadellos sauber sein, so sauber wie am Tag meiner Einlieferung. März saß bereits in einer Pressekonferenz im Foyer der Klinik, zusammen mit den leitenden Ärzten. Er sagte ihnen Dank für eine professionelle und vertrauensvolle Behandlung und Zusammenarbeit. Er betonte, dass meine Rekonvaleszenz mehr als zufriedenstellend verlaufen sei, dass der Ministerpräsident wieder in vollem Umfang einsatz- und arbeitsfähig sei, ja, er sogar ausgeruht und gestärkt aus den letzten Wochen hervorgehe, körperlich wie geistig und in jeder anderen Hinsicht. Er stellte fest, dass der Ministerpräsident mit Freude und voller Tatendrang dem Wahlkampf entgegensehe … Ich erlebte diese Sätze in meinem Zimmer am Fernseher. Ich spürte ihre Gewissheit am ganzen Körper. *Entlassung von Claus Urspring. Live.* So hieß die Sendung. März sprach, und die Ärzte nickten.

Ein Journalist fragte den ärztlichen Direktor, welche Note er dem Gesundheitszustand des Ministerpräsidenten geben würde, und der Direktor sagte, nach einer kurzen Überlegung: Er würde mir ein *gut* geben. Doch das Wort gut, es klang aus dem Mund des ärztlichen Direktors nur schwach, fast zögerlich und grüblerisch. Er würde mir nur ein *gut* geben. Ob das alles sei? So die Blicke der Anwesenden. Weshalb März den ärztlichen Direktor nun unterbrach und das Wort *gut* selbst aussprach. Wie anders dieses Wort bei März klang. Beruhigender und zuversichtlicher. Er drehte und dehnte es in seinem Mund, so als wäre das Wort *gut* für meinen Gesundheitszustand noch viel zu schwach. Eine Untertreibung. Er sprach, je länger er sprach, von äußerst gut, über alle Maßen gut, *sehr gut.* Hätte er, März, hier Noten zu vergeben, er würde mir ein *sehr gutes gut* geben. Und er betonte *sehr gut* so stark, bis nur noch diese beiden Wörter zu hören waren, *sehr gut,* *sehr gut,* und nicht mehr das Wort gut. Er verschluckte dieses Wort. Er ging darüber hinweg. Gesundheitszustand: *sehr gut.* Und auch der Bildschirmtext des Fernsehers bestätigte: *Gesundheitszustand des Ministerpräsidenten: sehr gut.*

Eine Pflegerin brachte mein Notizheft. Mit einem Gruß von Frau Wolkenbauer, die mir ausrichten ließ, dass ich das Notizheft nicht vergessen solle. Dass ich weiterhin aufschreiben möge, was mir auffällt oder einfällt; was ich verstehe oder auch nicht verstehe. Ich sollte das nach wie vor aufschreiben. Das ließ Frau Wolkenbauer mir ausrichten.

Wie gerne ich sie noch einmal gesehen hätte. Doch sie kam nicht. Weder am Abend noch am nächsten Morgen. Ich hätte ihr gerne gesagt, dass es mir nun deutlich besser ging, dass ich mich in mancherlei Hinsicht auf den Wahlkampf sogar freute, dass der Wahlkampf im Übrigen nicht ewig dauern würde und dass ich nach dem Wahlkampf sie besuchen kommen, vielleicht sogar für einige Zeit wieder in der Klinik bleiben könnte – zu weiteren Untersuchungen und Behandlungen. März selbst hatte das in Aussicht gestellt. Er hatte eingeräumt, dass nach dem Wahlkampf vieles ruhiger werde, dass dann auch wieder Zeit für Gesundheitliches sei. Durchaus … Das und einiges mehr hatte ich ihr noch sagen wollen. Auch: Wie viel mir meine Erinnerungen bedeuteten. Dass ich mich – dank ihrer Hilfe – immer öfter und immer deutlicher erinnerte, etwa an meine Schulzeit und an meine Kindheit und an vieles mehr. Dass mit jeder weiteren Erinnerung, die zu mir zurückkam, immer noch weitere Erinnerungen dazukamen, Erinnerung auf Erinnerung. Dass ich manchmal nicht wusste, ob die Erinnerungen zu *mir* kamen oder *ich* zu meinen Erinnerungen kam. Dass ich eine Sehnsucht nach Erinnerungen hatte. Dass ich mich in mancher Hinsicht jetzt vielleicht sogar besser erinnern konnte als vor dem Unfall ... Und wie dankbar ich ihr dafür war, dass sie, Frau Wolkenbauer, sich für meine Erinnerungen überhaupt interessiert hatte; dass sie sich meine Erinnerungen angehört oder meine Erinnerungen in meinem Notizheft gelesen hatte. Manchmal war sie stundenlang neben mir gesessen, so als hätte sie alle Zeit der Welt, selbst für die kleinsten Erinnerungen ... Und ich wollte ihr noch sagen: Wie sehr mir ihr Name gefällt. Frau Wolkenbauer. Dass ich noch nie einem Menschen mit einem solch schönen Namen begegnet bin. Das wollte ich ihr noch sagen.

Am nächsten Tag hielt März um 13 Uhr eine Ansprache an alle Mitarbeiter der Klinik. Er dankte, er lobte, er stellte in Aussicht: zum Beispiel einen neuen Operationssaal für die Klinik oder einen zweiten Landeplatz für Hubschrauber – und einiges mehr. Neben mir saß Hannah mit ihrer Reisetasche auf ihrem Schoß. Ihre Tasche war mit all meinen Reden bepackt: kurze Reden und lange Reden, freundliche Reden und deutliche Reden, Schicksalsreden und Beschwichtigungsreden, wichtige Reden und weniger wichtige Reden. Hannah flüsterte mir ins Ohr: *political play-back*. Teils aufmunternd, teils abfällig flüsterte sie das. Und sie öffnete einen Schlitz ihrer Tasche und zeigte mir, während März immer noch sprach,

105

die CDs meiner wichtigsten Reden. Sie waren mit Aus-
rufezeichen versehen. Es seien gute Reden, so Hannah.
Nach allen Regeln tontechnischer Kunst geschnittene
Reden. Auf der obersten CD stand geschrieben: *Rede
Sonderparteitag. 51,07 Minuten.* Das war meine heutige
Rede. Ich solle mir keine Gedanken machen, flüsterte sie
in mein Ohr.

Wie auf einer Abiturfeier. In einer ähnlichen Feierlichkeit saßen wir nebeneinander. Besonders Hannah und
ich. Als wären wir Schulfreunde. Und ich sah nun (statt
März) unseren früheren Schulleiter vor uns. Wie unser
alter Schulleiter vor Jahrzehnten in unsere Schulaula getreten war und zur Feier unseres Abiturs eine Rede gehalten hatte: vor Schülern, vor Lehrern, vor Freunden
und vor Eltern. Auch vor meinen Eltern, die zur Verlei-
hung meines Abiturs gekommen waren. Zunächst hatte
der Schulleiter damit begonnen, alle anwesenden Abiturienten zu begrüßen, auch diejenigen Abiturienten, die
das Abitur leider nicht bestanden hatten. Mein Vater, der
schwerhörig war, er verstand das anders. Er verstand das
damals so, dass der Schulleiter eigentlich ihn begrüßte,
Bertram Ursprung, obgleich der Schulleiter extra die
Abiturienten begrüßte, die das Abitur leider nicht bestanden hatten. Doch für meinen Vater schien es außer
Frage zu sein, dass man eigens ihn begrüßte. Also erhob
er sich und grüßte den Schuleiter mitten in seiner Ansprache zurück. All das war unendlich peinlich …

106

Hannah flüsterte mir zu: Ob ich ihre Bücher gelesen hätte? Und ich antwortete: Einige wenige Seiten. Und ich versprach ihr: Ich werde versuchen, mich zu bessern. Schon während der Wahlkampfreise. Und sie glaubte mir kein Wort.

Applaus und Blumensträuße: Blumensträuße des Staatsministeriums an das Klinikpersonal sowie Blumensträuße der Klinikleitung an mich und an das Staatsministerium – und auch an Hannah, die sich darüber tatsächlich freute. Dann schaute März auf die Uhr: Dass es höchste Zeit sei, so März, der nun aufstand und uns alle zum Aufbruch mahnte. Wir gingen Richtung Aufzug, fuhren mit den Sicherheitsbeamten und einigen ausgesuchten Ärzten auf das Dach der Klinik. Unser Hubschrauber wartete dort. Die Sonne schien. Ein Arzt sagte: Das sei Kaiserwetter. Und März antwortete: Er sei nicht unzufrieden mit dem Wetter. Der Pilot packte all die Blumen, die man uns geschenkt hatte, in den Hubschrauber. Und es kamen immer weitere Blumen dazu, von Pflegern, Ärzten und Patienten, die auf das Dach geeilt waren, um uns zu verabschieden und uns alles Gute zu wünschen, besonders für den Wahlkampf. Eine Pflegerin rief mir nach: Herr Minister. Es war Lena. Meine Lieblingspflegerin Lena. Sie brachte meinen Stock, den Herzog von Edinburgh-Stock. Ich hatte ihn vergessen. Und auch März hatte ihn vergessen. Er schien nichts mehr von dem Stock wissen zu wollen. Ich nahm den

Stock entgegen und dankte Lena. Sie umarmte mich mit einer einzigen Bewegung. Dann machte sie einen Knicks und trat zurück. Die Rotoren des Hubschraubers begannen sich zu bewegen. März drängte einzusteigen. Wir schnallten uns an. März hob den Daumen. Er rief dem Piloten zu: Nichts wie weg. Der Motor wurde immer lauter. Die Ärzte wichen zur Seite. Fast sah es so aus, als würde der Wind der Rotoren sie wegfegen. Dann hoben wir ab. Man sah die Ärzte noch geduckt winken, und wir flogen davon, über die Bäume des Schwarzwaldes hinweg, Richtung Sonderparteitag. März atmete auf.

Wohin mit all den Blumen? Sie lagen im ganzen Hubschrauber verstreut. Man konnte vor lauter Blumen kaum richtig sitzen. März öffnete ein Schiebefenster und warf sie nach draußen. Sie flogen über einen Schulhof hinweg. Und er zeigte, so als wollte er ablenken, nach vorne und sagte, die Stadt, die vor uns liege, das sei Rottweil. Ob die Stadt mir ein Begriff sei? Sie war mir kein Begriff. Und März erklärte: Das sei die älteste Stadt Baden-Württembergs. Rottweil. Sie lag in einer sonderbaren Schieflage auf einem dunklen Abhang. Als könnte sie jederzeit ins Tal rutschen. So alt und gebrechlich wirkte diese Stadt. Man sollte sie abstützen, sagte ich. Ich sagte das wie eine Dienstanweisung. Bitte abstützen! Doch März zeigte bereits auf weitere Orte und Landschaften, vielleicht um mir einen Überblick zu verschaffen, über unser Land. Er sagte: *unser* Land. Und nickte mir aufmunternd zu. Das ist es, hier ist es, *unser* Land. Dafür all die Mühen und der Wahlkampf. Für uns und unser Land. Und er schaute mich an: Ob ich nun endlich begreifen würde. Wofür das alles geschehe. Damit unser Land uns nicht verloren gehe. In falsche Hände gerate. Er zeigte auf Wälder und Seen. Im Hintergrund sah man bereits den bläulichen Dunst der Schwäbischen Alb, die Heimat von März. Er deutete auf einzelne Dörfer und Gehöfte. Da, seht nur. Und wir schauten nach unten, und er wirkte gerührt. Vielleicht weil er einen Schulweg wiedererkannte. Oder einen anderen Weg. Und er zeigte auf die Burg Hohenzollern. Sie war bereits zu sehen. Ist das nicht eine wunderschöne Burg? Das Inbild einer Burg. Wie man sich eine Burg schöner kaum vorstellen könne. Er sei mit dieser Burg aufgewachsen. Er habe diese Burg nachts von seinem Bett aus betrachtet. Er habe als Schüler im Angesicht dieser Burg Hausaufgaben gemacht. Er habe als Kind diese Burg gemalt. Und sie als Jugendlicher fotografiert. Sie in Teilen sogar als Modell nachgebaut.

Unser Pilot umkreiste nun die Burg. März schaute abwechselnd auf die Burg und wieder zu mir. Als wollte er sagen: Seht nur diese Burg. Er hatte jetzt nur noch Augen für die Burg. Der Hubschrauber befand sich bereits in einem behutsamen Sinkflug. Wir schwebten nur noch wenige Meter über einer Wiese unterhalb der Burg. Die Burg selbst sei, so der Pilot, für eine Landung leider nicht geeignet. März zeigte aus dem Fenster: Seht nur all die

Menschen. Sie wichen, je näher wir ihnen kamen, winkend zur Seite. Eine Blaskapelle spielte bereits. Sie stand geduckt im Wind des Hubschraubers. Die Musiker klammerten sich an ihre Instrumente. Sie wären sonst weggeweht worden. Dann setzten wir auf. Die Blaskapelle begann sich wieder zu ordnen und spielte weiter. Jemand öffnete die Tür des Hubschraubers. Schirme wurden aufgespannt, obgleich es gar nicht regnete. Doch März empfand es als wohltuend, unter aufgespannten Schirmen zu gehen. Wir gingen direkt zu unserem Wagen. Mein neuer Dienstwagen. Was ich dazu sagen würde, zu dem neuen Wagen? Ich sagte nichts, und wir stiegen ein und streckten die Beine und fuhren – an winkenden Kindern vorbei – eine steile Straße hinauf Richtung Burg, über eine Zugbrücke hinweg und durch Torbögen hindurch, in den Burghof hinein. Unsere Türen wurden geöffnet. Ich sollte aussteigen. Hände und Gesichter kamen mir entgegen. Eine weitere Blaskapelle fing an zu spielen. Sie spielte das Landeslied. Das Landeslied, flüsterte März mir mit eindringlichen Mundbewegungen zu. Wir nahmen Aufstellung. Wie bei einer Nationalhymne. März summte die Worte: *Euer Land trägt Edelstein.* Nach dem Landeslied spielte die Kapelle das Hohenzollernlied – daraufhin Begrüßungen, ausgebreitete Arme, tief empfundene Freude über meine Genesung; Blumensträuße, die März in den Kofferraum des Wagens legen ließ. Der Burgverwalter kam uns entgegen. Er grüßte, auch im

Namen des Prinzen, der leider verhindert war, da auf einer Nordlandreise – und der Burgverwalter führte uns mit zahlreichen Erläuterungen durch die Burg: zur Stammbaumhalle, in den Grafensaal und in die Schatzkammer ... Bei jeder Sehenswürdigkeit, zu der wir kamen, rief März: *Oh* oder *Ah*. Und ich tat es ihm gleich: *Oh* oder *Ah*. Honoratioren der Stadt begleiteten uns in die Kapelle, an die ehemalige Ruhestätte von Friedrich II. Eine stumme Zwiesprache mit dem König, der dort nicht mehr lag. Eine Kamera hielt das fest, dann gingen wir weiter. Ich hörte einen Jungen sagen: Er hinkt ja. Ich schaute mich um, um zu sehen, wer damit gemeint war, bis ich merkte, dass ich es war, den der Junge gemeint hatte. Er hinkt ja. März war ungehalten. Was der Junge hier überhaupt mache!? Er winkte einen Sicherheitsbeamten herbei. Er sollte den Jungen nach draußen bringen. März drängte ohnehin zur Eile. Mein Auftritt beim Sonderparteitag beginne in weniger als einer Stunde. Walter, so ein Sicherheitsbeamter, er warte unten im Burghof mit den Fahrrädern.

Wo ich mich umziehen könne? fragte März den Burgverwalter, der uns in den Blauen Salon führte. *Oh* und *Ah*. Der Burgverwalter wollte noch eine kleine Rede halten, doch März drängte ihn nach draußen. Der Ministerpräsident müsse sich nun umziehen, so März, mit der Bitte um Verständnis und um Beeilung. Walter brachte Koffer und Kisten mit den Radkleidern: Radkleider, die, so März, in jeder Hinsicht zu den Wahlplakaten passen würden. Teils waren die Radkleider mit dem Schriftzug der Partei bedruckt, teils (besonders an den Ärmeln) mit den Landesfarben. Partei und Land in einem Dress. März war angetan. Land und Partei ein Team. So sollte es sein. Ein Team. März betastete die Radkleider. Er war angetan von ihrer Schönheit und ihrer Sportlichkeit. Kein Zurückbleiben meiner Radbekleidung hinter der Parteitagsrede. So hatte Frau Caillieux das gefordert. Oder ein Zurückbleiben der Radbekleidung hinter den Bildern der Wahlplakate. Es seien gewaltige Bilder – so Frau Caillieux. Atemberaubende Bilder.

Walter hatte die Räder bereitgestellt: mein Fahrrad und die Fahrräder für die Sicherheitsbeamten, die sich ebenfalls umgezogen hatten und die mir folgten. Ich hinkte nicht. Mein Gehen war nun ein o-beiniges Waten. Auch deshalb hatte Walter Klickpedale empfohlen. Man kann in den dazugehörenden Schuhen kaum laufen – und daher auch nicht wirklich hinken. Man geht vielmehr in unbeholfenen, eckigen, gebeugten Bewegungen. Eher ein Rutschen als ein Gehen. Das sei völlig normal. Derartige Bilder gehörten zum Radsport. So Walter.

Weil ich nicht schwitzend ans Rednerpult treten sollte. Deshalb die Hohenzollernburg, von der aus wir zum Parteitag fuhren. Weil Burgen auf Bergen liegen. Und weil hier Abfahrten möglich sind. Weil ich mich keinesfalls anstrengen sollte. Weil nicht die geringsten Anzei-

chen von Mühe und Beschwernis das Bild trüben sollten.
Wir fuhren bereits: anstrengungslos. Walter und die
Sicherheitsbeamten waren an meiner Seite. Vor uns ein
Polizeiauto, hinter uns ein Polizeiauto, über uns der Hubschrauber. Der Ministerpräsident, er kommt. So wurde
es angekündigt. Über Lautsprecher und über Funksprech-
geräte. Er kommt, der Ministerpräsident. Am Straßenrand standen winkende Menschen. Wenn sie mich sahen,
dann war das ein schlagartiges Erkennen. Ein Nicken
und ein Zeigen. Da kommt er! Das ist er! Man erkannte
mich: viel deutlicher als ich mich selbst in all den Wochen erkannt hatte. Ich trug keinen Helm. Das sei ein
Fehler gewesen, sagte später März, keinen Helm zu tragen, jedoch ein unvermeidlicher Fehler. Ein schwieriges
Abwägen sei das gewesen, so März. Denn hätte ich tatsächlich einen Helm getragen, dann hätte man mich nicht
erkannt. Jedenfalls nicht auf den ersten Blick. Und genau
darum gehe es, so März: ein Erkennen auf den ersten
Blick. Nach all den Wochen. Deshalb also, schweren
Herzens, keinen Helm. Und das sei auch gut so, sagte
März, der das mit Nachdruck verteidigte. Während wir
nun immer schneller fuhren – an einer Bushaltestelle
vorbei, hinter der sich ein erstes Plakat erhob, ein gewal-
tiges Plakat, auf dem ich in aller Deutlichkeit zu sehen
war: auf einem Fahrrad sitzend und winkend. So wie ich
jetzt, in diesem Moment auf einem Fahrrad saß und
winkte. Und es folgten weitere Plakate, die mich alle-

samt auf Fahrrädern zeigten. Sie präsentierten mich in
rasender Abfahrt oder kraftvoll in einem Anstieg. Oder
in geselligem Plausch mit anderen Radfahrern. Einer
Frau eine Trinkflasche reichend. Oder auf einen Berg
deutend. Als würde ich im nächsten Moment allen Erns-
tes auf diesen Berg fahren. *Aufwärts!* stand auf dem Plakat. Und auf dem Plakat daneben stand: *Aufschwung!*
Aufschwung oder Aufwärts. Je nach Landschaft. Je nach
Himmel. Und es folgten, je näher wir dem Parteitag
kamen, Plakate mit Urspring-Wörtern: *Das Urspring-
Prinzip.* Oder: *Sommer, Sonne, Urspring.* Oder: *Urspring
live.* Die Wörter flogen an uns vorüber. Die Abfahrt war
lang, und wir fuhren immer schneller. Einige Meter fuhr
ich freihändig. Eine Kamerafrau auf einem Motorrad
filmte das, während ein Sicherheitsbeamter an mich her-
anfuhr und sagte: Man sehe das alles. Live. Auf einer
Großleinwand im Inneren des Sonderparteitags, dem wir
nun entgegenfuhren. Links und rechts der Straße weh-
ten Fahnen: Landesfahnen, Parteifahnen, Hohenzollern-
fahnen. In einem Begleitfahrzeug sah ich März. Er saß
heftig nickend auf der Rückbank. Der Sicherheitsbeamte
rief mir ins Ohr: März höre Radio. Die ersten Kommentare meiner Rückkehr seien vielverheißend. Man sah nun
bereits die Halle des Parteitags. Sie erhob sich am Ende
eines langen Spaliers von Plakaten, auf denen Wörter
leuchteten wie: *Rückkehr.* Oder: *Eine Frage der Bewegung.* Oder einfach nur: *Urspring.* Und immer mehr Zu-

schauer, die sich am Straßenrand aufgestellt hatten: winkende Zuschauer, klatschende Zuschauer und rufende Zuschauer. Und je näher wir dem Parteitag kamen, desto deutlicher sah ich die vielen Übertragungswagen der Fernsehsender, die das übertragen wollten: den Parteitag, den Auftakt des Wahlkampfes und meine Rückkehr. Sie standen dicht geparkt in endlosen Reihen, Übertragungswagen an Übertragungswagen, und ich stellte mir vor, wie März all die Wagen zählen würde: siebzehn Übertragungswagen. Siehst du! Siebzehn Übertragungswagen! Sie umlagerten die Parteitagshalle. Man kam nur mit Mühe an ihnen vorbei. Ein Polizeimotorrad wies uns den Weg, nach links, dann nach rechts, und wieder nach links, zu einem Hintereingang der Halle. Beide Türhälften standen offen. Ich fuhr in die Halle hinein, am Hinterrad von Walter. Je näher wir der Bühne kamen, desto deutlicher wich er von mir. So als fürchtete er jede Nähe zur Bühne. Irgendwann war ich allein. Nur noch wenige Meter vor der Rampe – und allein. Anlauf nehmen, rief Walter. Anlauf nehmen! Fast wäre ich die Rampe nicht hochgekommen. Trotz allen Anlaufs. Ich drohte zurückzurollen. Oder seitlich von der Rampe herunterzufallen. Das wäre das Ende gewesen. Sagte später März. Das wäre das Ende gewesen. Alles ist für die Rückkehr des Ministerpräsidenten bereitet. Die Bühne liegt im grellen Scheinwerferlicht vor unzähligen Kameras. Und der Ministerpräsident schafft es nicht einmal auf die Bühne.

Das wäre das Ende gewesen. Doch ich schaffte es. Unter Mühen. Mit schiebenden Händen auf meinem Rücken. Dann war ich auf der Bühne. Ich fuhr um Blumentröge herum Richtung Rednerpult. Direkt ans Rednerpult. So nah wie möglich ans Rednerpult! So März. Erst dann absteigen. Erst dann.

Applaus. Zwölfeinhalb Minuten Applaus. März zählte die Minuten. Er verglich sie später mit den Minuten anderer Ovationen und sagte, er habe noch nie in seinem Leben einen solchen Applaus gehört. Erleichterungsapplaus, Begeisterungsapplaus … Ich winkte. Ich nickte. Ich war wieder da. Ich stand zwölfeinhalb Minuten – in Applaus. Bis meine Beine schmerzten. Ich beschwichtigte, ich beruhigte, ich dankte. Man hatte mit mir gerechnet. Mit dem schlimmsten aller schlimmen Rekonvaleszenten hatte man gerechnet. Mit einem gealterten Ministerpräsidenten, mit einem gebrochenen Ministerpräsidenten, mit einem ewigen Patienten – damit hatte man gerechnet. Mit einem kaum mehr wiederzuerkennenden Ursprung. Mit einem hoffnungslosen Ursprung. Mit einem unwiederbringlichen Ursprung. Damit hatte man schlimmstenfalls gerechnet. Doch mit ein paar wenigen Pedalumdrehungen war all das wie umgedreht. Kein gealterter Ursprung. Auch kein alter Ursprung wieder gesund. Oder ein alter Ursprung fast wieder wie neu. Sondern ein ganz neuer Ursprung. Ein überraschender Ursprung. Ein ungeahnter Ursprung. Gesund, strahlend und auf einem Fahrrad. So kehrt er zurück. Wer hätte das gedacht.

Der Applaus ließ nach. Er wurde leiser und vereinzelter. Doch dann brach er wieder neu hervor. Und ich winkte. Oder beschwichtigte. Manchmal klang der Applaus wie ein Weinen. Und ich tröstete. Und nickte. Und wartete auf den Beginn der Rede, denn meine Beine schmerzten. Also hielt ich mich an dem Pult. Und holte Luft. Doch der Applaus ging weiter. Er klang nun wie eine Entschuldigung. Wir entschuldigen uns. Wir schämen uns. Wir hatten ja keine Ahnung. Wie hätten wir das wissen können. Dass es Ihnen wieder so gut geht. So klang der Applaus, der immer weiterging, als müsste ich die Rede nun gar nicht mehr halten. Das Wichtigste war ja deutlich zu sehen: Er ist gesund. Er ist fit. Er ist wieder da … Also ging der Applaus weiter und weiter, und meine Beine waren taub.

Dann hörte ich meine Stimme. Ursprings Stimme. Sie ertönte über Lautsprecher. Sie sprach in den Applaus hinein: Danke. Vielen Dank, sagte die Stimme, die gar nicht klang wie meine Stimme: Vielen Dank. Und die Stimme machte eine Pause, weil es nun still wurde. Vielleicht wurde es auch still, weil die Stimme eine Pause machte. Hannah hatte das genau berechnet. Stille – Pause. Pause – Stille. Und dann wieder Ursprings Stimme. Sie grüßte, sie dankte, sie hielt inne. Und meine Lippen taten das ebenfalls: Sie grüßten, sie dankten und sie hielten inne. Wie auch meine Hand nun grüßte und dankte und innehielt. Während Ursprings Stimme schon weitersprach. Sie sprach von Einkehr und Nachdenklichkeit und Dankbarkeit und Gott. Jawohl, Gott. Stille – Pause. Pause – Stille. Und meine Hand begleitete meine Lippen, und meine Lippen bewegten sich zu den Wörtern aus den Lautsprechern. Wörter wie Schöpfung. Und Bewahrung. Und Natur … Und mir fiel nun auf, dass ich für Natur eigentlich nie irgendetwas übrig gehabt hatte. Schon als Kind war mir die Natur ein Grauen gewesen. Eine stachelige Tristesse. Das Geblöke dümmlicher Tiere. Der Gestank von Ställen. Nicht enden wollende Spaziergänge. Unendliche Langeweile. Doch meine Lippen bewegten sich nun zur Natur. Ohne dass ich mit ihr irgendetwas anderes verbunden hätte als ein ödes Dorfleben, ein Leben verstummter Menschen und abweisender Blicke. Jeder Gang durch das Dorf schien eine Bodenlosigkeit, überhaupt hier zu sein und durch dieses Dorf zu gehen und nicht einfach wegzugehen. Warum geht er nicht endlich weg. So blickten die Menschen. Man bewegte sich an bellenden Hunden und grußlosen Gestalten vorüber. In den Gärten hingen Wäscheleinen, mit denen Kinder einander aufzuhängen übten. Und die Zimmer in den Gasthäusern, sie hießen – wie zur Warnung – Fremdenzimmer. Ausgerechnet Natur. Doch meine Lippen bewegten sich zu diesem Wort. Nur das war wichtig. Dass die Lippen in Bewegung blieben. Was immer auch gesagt wurde. Es bewegten sich Lippen. Und es hielten die Lippen inne, wenn etwas nicht gesagt wurde. So war es abgesprochen. *Political play-back.*

Ich hörte das Wort Boot. Wir alle seien in einem Boot. Das Boot sei voll. Wir lassen niemanden hinein, in unser Boot. Ich nickte. Und ich dachte an Boote, die ich vor wenigen Nächten im Fernsehen gesehen hatte. Sie fuhren mitten im Meer, und sie waren ebenfalls voll. Viel mehr als nur voll. Sie waren mit Menschen überhäuft. Sie drohten ins Wasser zu fallen. Oder mit ihren Booten unterzugehen. Ich wollte das auch sagen. Dass auf dem Meer zahllose Boote sind, die ebenfalls voll sind und die sinken. Ich sagte das laut und deutlich ins Mikrophon hinein. Doch man hörte es nicht. Man hörte etwas anderes. Ursprung sprach von Ehre und Freude und Dankbarkeit. Dankbarkeit gegenüber der Fraktion. Applaus. Dankbarkeit gegenüber meiner Frau. Applaus. Dankbarkeit gegenüber dem Leben. Langer Applaus. Eine Frau in der ersten Reihe klatschte unentwegt. Was immer ich auch sagte. Oder nicht sagte. Sie klatschte. Und sie nickte mit aufgerissenen Augen. Und ihr Körper bebte: Genau! So ist es! Er sagt es! Er sagt all das, was sie längst zu wissen glaubte. Und je mehr sie etwas zu wissen glaubte, desto begeisterter stimmte sie mir zu. Und ich lächelte sie an und sagte: Ich bin eigentlich gar nicht so. Doch sie hörte das nicht. Weil das Mikrophon, in das ich sprach, gar nicht eingeschaltet war. Und es gab wieder Applaus.

Ein Zwischenapplaus, ein Aufmunterungsapplaus. Denn es folgten nun Aufzählungen, die mich nicht interessierten. Überdies, überdas, überdoch … Bis ich mich sagen hörte: *Ich sage nur Pisa.* Und indem ich, Claus Urspring, das sagte, erlebte ich bebende Zustimmung. Und ich wollte nun hören, was damit genau gesagt war, als ich gesagt hatte: *Ich sage nur Pisa.* Doch ich hörte nichts. Alles schien mit Pisa bereits gesagt. Als ob unglaubliche Dinge mit Pisa verbunden wären. *Ich sage nur Pisa.* Vielleicht weil ein Krieg dort ausgebrochen war. Oder eine Hungersnot oder Krankheit. Und ich bewegte meine Lippen zu Pisa, wo ich als Kind einmal mit meinen Eltern gewesen war. Und meine Lippen sagten nicht nur Pisa, sondern auch noch Mailand und Rom. *Ich sage nur Pisa. Ich sage nur Mailand. Ich sage nur Rom.* Doch März, der in der ersten Reihe saß, fing an zu fuchteln. Nein! Keine weiteren Städte! Die Rede war auch schon bei einem anderen Thema. Urspring sagte: Er wäre nicht der, der er heute sei, wenn nicht … die Schule, die Eltern, das Studium, all die Jahre, all die Mühen … und vieles mehr … Und ich dachte an Frau Wolkenbauer, die gesagt hatte: Er weiß ja nicht einmal, wer er eigentlich ist. Doch es gab Applaus. Eindringlichen Applaus. Und Urspring sprach von Erfolgen, die meine Lippen nun bewegten. Erfolge und Leistungen: der Regierung, der Partei, des ganzen Landes … Und ich wollte März fragen, ob das dasselbe sei: Leistungen und Erfolg. Ob man Erfolg auch haben mir überreicht hatte. Mit zwei Küssen. Und ich warf den Blumenstrauß ins Publikum, was März missfiel. Und ich suchte nach den Lippen der Frau in der ersten Reihe. Sie saß immer noch in der ersten Reihe. Sie klatschte immer noch. Und ihre Lippen glänzten mehr denn je. Ich winkte ihr zu. Dann fuhr ich los, um die Blumentröge herum, Richtung Rampe, die ich hinabfuhr, hinaus aus dem Bühnenlicht, hinein ins Dunkel entlegener Korridore, nach links, nach rechts, dann fuhren wir ins Freie, vorbei an einem Hausmeister, der sich noch verbeugte.

Und ich fragte mich, als wir auf der Straße waren: Was jetzt geschehen solle? Wohin wir fahren würden? Wo ich übernachten würde? Was als Nächstes passieren sollte? Während Walter schon dabei war vorauszufahren, zuerst nach links, dann nach rechts, jedoch immer bergab. Die Anweisung von März: Alle Routen, auf denen wir fahren, gehen bergab. Damit die Fahrt des Ministerpräsidenten stets mühelos erscheine. So März. Und auch Frau Caillieux. Sie wartete im Wahlkampfbus. Er stand auf einem abgesperrten Parkplatz hinter einem Einkaufsmarkt. Dort fuhren wir hin. An Polizisten und Sicherheitsbeamten vorbei. Man nahm unsere Fahrräder entgegen. Sie wurden in ein Begleitfahrzeug gestellt. Dann führte man mich in den Wahlkampfbus. Ich streifte meine Radkleidung ab: Renntrikot, Fahrradbrille, Trinkflasche, Ärmlinge … Alles, so Frau Caillieux, könne man einem solchen Menschen vorwerfen, nur nicht, dass er gehbehindert sei. Sie reichte mir einen Pullover und gratulierte. Und auch März, der nun zu uns kam, er war zufrieden. Im Großen und Ganzen. Doch er setzte sich sogleich in eine Ecke des Busses, öffnete sein Notebook und studierte Umfragewerte. Blitzumfragen nach der Rede.

Niemand studiere häufiger und genauer Umfragewerte, sagte eine Mitarbeiterin. Dass März, so die Mitarbeiterin, sogar im Urlaub täglich Umfragewerte studiere, ob ich das nicht wisse, fragte sie. Sogar als März einmal wegen einer Augenoperation im Krankenhaus gelegen hatte, studierte er Umfragewerte. Noch kurz vor der Operation und gleich nach der Operation. Umfragewerte. So als könnte es während der Operation, in einem Moment der Abwesenheit und Achtlosigkeit, zu gewaltigen Einbrüchen kommen. Ein Absacken sämtlicher Umfragewerte. Die Ärzte erteilten ihm strengstes Leseverbot. Doch März machte sich schon wenige Stunden nach der Operation davon, verließ sein Krankenbett, suchte nach einem Computer, entfernte sämtliche Binden von seinen Augen und studierte Umfragewerte. Nur ein kurzer Blick. Ein Überblick. Die Ärzte waren entsetzt. Das sei März, so seine Mitarbeiterin. Und er studierte nicht irgendwelche Umfragewerte, sondern meine Umfragewerte. Nichts auf der Welt sei ihm wichtiger als das.

Der Bus fuhr bereits zu unserem nächsten Termin, zum Riedlinger Imkertag. Eine Abendveranstaltung, eine kleine Rede über Natur und Honig; mehr ein Winken als ein Reden; ein beiläufiges Anhalten auf dem Weg zu unserem Hotel, ein Hotel, das direkt an der Donau lag.

Als wir in das Hotel kamen, schrie eine Mitarbeiterin auf: Der Ministerpräsident! Vielleicht war sie darauf nicht vorbereitet gewesen. Der Ministerpräsident! Oder sie war darauf vorbereitet gewesen und dennoch von dem Anblick überwältigt. Es ist der Ministerpräsident! Sie war nicht zu beruhigen, wurde in einen Nebenraum geführt. März wies mich an, ihr ein Autogramm zu schreiben. Sie nahm es schluchzend entgegen. Ohne mich anzuschauen.

Beim Abendessen wurde Sekt getrunken. Und angestoßen: Auf die Parteitagsrede! Auf den Beginn des Wahlkampfs! Auf alle Beteiligten! März lief händereibend auf und ab, auch während des Essens. Er nickte, er dankte, er nahm entgegen: Gratulationen, Umfragewerte, Interviewanfragen … Eine große Rede. Sagte März über die Rede, und sagten auch das Radio und das Fernsehen über die Rede: eine große Rede. Dass selbst Zix das im Fernsehen eingeräumt habe: eine denkwürdige Rede. Wie kleinlaut, devot und reumütig er das gesagt habe. Und auch ich fragte nun Hannah, ob ihr die Rede gefallen habe? Sie antwortete nicht. Ihr schien die Frage grotesk. Wie ich ihr eine solche Frage nur stellen könne. Ob ihr die Rede gefallen habe? Was ihr daran denn hätte gefallen sollen? Die Tontechnik? Meine Lippenbewegungen? Meine Stimme? Meine Aussprache? Sie saß schweigend.

Später sagte sie: Meine Stimme habe ihr in der Rede gefallen. Wenigstens meine Stimme.

März stand auf und sagte: Es sei ein anstrengender Tag gewesen. Wir seien alle müde. Wir sollten zeitig zu Bett gehen. Es werde ein langer Wahlkampf werden.

Ein Wahlkampf, der über Wochen ging. Täglich fuhren wir mit dem Wahlkampfbus. März las Zeitungen. Oft drei oder vier Zeitungen zur gleichen Zeit. Oder er telefonierte. Hannah hörte Musik. Walter fingerte an einem Fahrradcomputer. Ich schaute aus dem Fenster. Wir wurden von Passanten auf der Straße angestarrt, oder von Autos, aus denen man uns fotografierte, behutsam überholt. Die Rückseite des Busses war ein einziges Urspringbild. Ursprung in bedächtiger Pose an seinem Schreibtisch sitzend. Auch das wurde aus Autos, die uns hinterherfuhren, fotografiert. Oder man beäugte die Seiten des Busses, auf denen Ursprung nicht mehr an seinem Schreibtisch, sondern in sportlicher Haltung auf einem langgezogenen Rennrad saß, ein Rennrad, das kein Ende nahm, das fast so lang wie der Bus war. Und über all dem erhoben sich die Worte: *Projekt Ursprung*. Und als ich März eines Tages fragte, was das genau bedeute, *Projekt Ursprung*, gab er mir zur Antwort: Ich sei in der Tat ein personifiziertes Projekt. Er meinte das als Lob.

So nah wie möglich an einen Wahlkampfauftritt heranfahren. So die Anweisung von März an den Busfahrer. Erst dann sollten wir auf unsere Räder steigen. März missfielen diese Fahrradfahrten. Er hatte für sie nichts übrig. Er schwitzte, er atmete schwer, er war in ständiger Furcht vor Stürzen. Deshalb sollte der Busfahrer so dicht wie möglich an die Wahlkampfauftritte heranfahren. Erst dann stiegen wir um. Erst dann.

Wir radelten auf Waldwegen zu ländlichen Ereignissen: zum Landesjägertag, zum Badischen Landfrauentag oder zu einem Waldtreffen mit Förstern und Pilzsammlern. Ich sprach aus dem Stegreif. Ich hielt eine Rede gegen Borkenkäfer. Ich pflichtete bei, ich stimmte zu, ich forderte auf. Oder ich fuhr zusammen mit einem Bischof auf einem Tandemfahrrad. Ich nickte, ich winkte, ich fragte, ich antwortete. Ich stand auf der Europabrücke zwischen Kehl und Straßburg. Ich genoss die Aussicht. Ich sprach über Maiswurzelbohrer. Und über Europa. Oder wir fuhren durch Fußgängerzonen auf beflaggte Marktplätze. Oder über Fußwege hinein in ein Gebäude des Max-Planck-Instituts. Oder auf Rollfeldern zur Eröffnung eines Flughafengebäudes. Oder durch Messehallen und Bahnhofshallen und Fabrikhallen hindurch, einer Delegation aus Afrika entgegen …

Manchmal setzte sich März im Bus neben mich und zeigte auf Burgen oder Schlösser oder kleine Städte. Die Waldburg. Ob sie nicht schön sei? Oder Bad Saulgau. Ob ich mich noch erinnern könne? Bad Saulgau. Ich erinnerte mich an einzelne Häuser. Oder ich erinnerte mich an eine Klassenfahrt. Oder an einen verschrobenen Onkel. Oder an ein Schwimmbad. Wie ich einen Sommer lang in ein Schwimmbad gegangen war, um dort eine Klassenkameradin zu sehen. Sie ging gar nicht in meine Klasse, nicht einmal das, sondern in eine Parallelklasse. Jeden Nachmittag, wenn das Wetter schön war, verbrachte ich in diesem Schwimmbad. Weil auch sie fast jeden Nachmittag, wenn das Wetter schön war, in diesem Schwimmbad verbrachte. Meist nur schwimmend. Weshalb auch ich schwimmend ihre Nähe suchte. Wenn ich ihr nachschwamm, dann schwamm sie davon. Wenn sie davonschwamm, dann konnte ich ihr kaum folgen. Sie hielt sich meist unter Wasser. Manchmal stand sie am Beckenrand in ihrem schwarzen Badeanzug – ihr tropfender Körper gedankenverloren in der Sonne; braungebrannt und glitzernd. Zwischen ihren Lippen steckte eine Haarspange. Wie anmutig das aussah. Dann streifte sie sich ein T-Shirt über ihren Badeanzug, schüttelte ihr Haar und ging … Bilder, von denen ich jahrelang lebte. Manchmal fragte ich mich: Was wohl passiert wäre, wenn ich sie tatsächlich angesprochen hätte? Mein ganzes Leben wäre vielleicht anders verlaufen. Nicht weil sie irgendetwas für mich übrig gehabt hätte, sondern weil ich zum ersten Mal in meinem Leben eine Frau angesprochen hätte …

März gab mir Aufgaben: Zehn Städte des Landes mit mehr als hunderttausend Einwohnern. Ich sollte ihm einige dieser Städte nennen. Sie auswendig lernen. Das sei wichtig. Das könnte in bestimmten Momenten von Bedeutung sein. Oder entlegene Nummernschilder entziffern. SHA. Für welchen Landkreis dieses Nummernschild stehe? Oder der Oberbürgermeister von Ulm. Wer das sei? So etwas müsse ich wissen. Oder fünf ehemalige Reichsstätte. Ich sollte sie ihm nennen. Bruttoinlandsprodukt der letzten drei Jahre? Was ein Oberzentrum sei? Arbeitslosenquote im Landkreis Hohenlohe? Der Ministerpräsident von Sachsen-Anhalt? Wer das sei? Besonderheiten des Baden-Württembergischen Wahlrechts? Die Aufgaben und Funktionen des Staatsministeriums? Warum ich diese Aufgaben nicht schon längst kennen würde? Die Staatskanzlei innerhalb des Staatsministeriums? Was es damit auf sich habe? Der Staatsminister? Oder der Regierungspräsident von Nordbaden? Vorsitzender der Kassenärztlichen Vereinigung Südwürttemberg? Grundlagen des Länderfinanzausgleichs? Der Name des Oppositionsführers?

Für März waren meine Lücken Wüsten. Wüsten des Nicht-Wissens und des Nicht-Vorhandenseins. März wusste nicht, wo anfangen. Und wo aufhören? Ich sollte nicht aus dem Fenster schauen, sondern an meinen Lücken arbeiten. Er fragte mich ab. Er lobte und tadelte. Und reichte mir Bücher, in denen ich wenigstens blättern sollte.

So wie ich früher als Schüler in Büchern wenigstens hätte blättern sollen, statt sie weiträumig zu meiden. Und

ich erinnerte mich nun an meinen Vater, an Bertram Urspring, wie er mich eines Abends in sein Arbeitszimmer
zitiert und Sätze gesagt hatte wie: Wenn jetzt nicht endlich gearbeitet werde. Wenn jetzt nicht endlich Bücher
geöffnet würden. Wenn ich mich nicht demnächst zu-
sammenreißen und Vokabeln lernen würde. Wenn ich
ein weiteres Mal das Schuljahr wiederholen müsse ...
Was das bedeuten würde, ein weiteres Schuljahr zu wiederholen. Es würde bedeuten: Das Ende meiner Gym-
nasialzeit. Das Ende seiner Geduld. Das Ende aller ge-
ordneten und gesicherten Verhältnisse. Das Ende meines
Lebens. Denn wie ein Lebensende hielt er mir mein
Scheitern vor Augen, ein Lebensende, noch bevor mein
Leben überhaupt richtig angefangen hatte. Es wäre ein
Fall ins Bodenlose. Ein Abrutschen in unvorstellbare Nie-
derungen. Es würde Müllabfuhr bedeuten. So sagte das
mein Vater. Und er sprach das Wort Müllabfuhr wie
Gefängnis. Oder wie Höllenqualen schon zu Lebzeiten.
Oder ein lebenslängliches Fegefeuer. In einer Unterwelt
von Unrat. Ein endloses Grauen. Müllabfuhr. Wenn nicht
endlich mit aller Macht gearbeitet werde. Egal wie nich-
tig das Gelernte auch sein mochte. Und ich versprach
ihm, mich zu bemühen, und ich bemühte mich nach
Kräften, und ich erlebte alles Weitere als unablässige,
ruhelose, endlose Arbeit ...

März schreckte mich aus meinen Gedanken: Auf
der Monetarismuskonferenz der Zeppelin University in

Friedrichshafen würde ich eine Rede halten. Das sei unvermeidlich, so März. Der Termin sei schon vor meinem Unfall vereinbart worden. Ich sagte März, dass ich nicht wisse, was Monetarismus sei und was Monetarismus bedeute. Es bedeute Geld, so März. Dass Geld eine wichtige Sache sei. Dass Geld heilig sei. Derart. Im Übrigen sei die Rede, die ich dort halten würde, längst gesprochen. Ob ich mich daran nicht erinnern könne? Nicht einmal das, so das Seufzen von März. Ich erinnerte mich nur noch an einzelne Wörter und an Hannahs Gesichtsausdruck während dieser Wörter. Und an ihr Haar. Ich sagte März: Dass mir das unheimlich sei. Ich würde von wirtschaftlichen Fragen nichts verstehen. Solche Fragen würden mich auch gar nicht interessieren. Und März antwortete: Dass das nicht so schlimm sei. Dass ich nur eine kleine Rede halten und dann wieder gehen würde. Nicht mehr.

An manchen Tagen war März aufmunternd, dann wieder gereizt. Er rief mich zu seinem Platz: Was machen wir mit diesen Umfragewerten? Ich wusste es nicht. Dass die Umfragewerte, so März, nicht zufriedenstellend seien. Dass meine Werte in den letzten Tagen um fünf Prozentpunkte gefallen seien. Prozentpunkte an Sympathie, an Kompetenz und Ausstrahlung.

Was ich dazu sagen würde?

Ich sagte nichts.

Ob mir dazu etwas einfalle?

Mir fiel nichts dazu ein.

Ob ich einen Vorschlag hätte?

Ich hatte keinen Vorschlag.

Hannah sagte: Was ich denn seiner Meinung nach tun solle? Mich entschuldigen? Besserung geloben? Wiedergutmachung versprechen? Einen Achttausender besteigen? Mich von einem Kirchturm stürzen?

Doch März sagte, diese Werte seien Ausdruck von Fehlern, die gemacht worden seien. Dass ich zum Beispiel vor einer Wahlkampfveranstaltung viel zu ausgelassen mit meinem Fahrrad im Kreis herum gefahren sei. Um Biertische und eine Blaskapelle herum. Wie ein Gassenjunge. Als ob ich mit der Wahlkampfveranstaltung gar nichts zu tun gehabt hätte. Die Bühne geradezu hätte meiden wollen. So habe das ausgesehen. Dass das Befremden erregt habe. Oder als ich unbedingt einen Aussichtsturm hatte besteigen wollen. Einfach so. Ohne einen Grund. Oder ich ein Interview gegeben hatte, ohne März vorher gefragt zu haben. Dass der Schaden, den dieses Interview angerichtet habe, gewaltig sei. Oder dass ich unrasiert eine Rede gehalten hatte – dazu noch in einem verlotterten Jackett. Wie so etwas habe passieren können? Und ich mitten in der Rede zu winken begonnen hatte. Ohne einen nachvollziehbaren Anlass. Dass mich derartige Handlungen sonderbar erscheinen ließen. Dass zahlreiche Kameras all das sehen und festhalten würden, dass der Spitzenkandidat der Opposition das gegen mich verwenden könnte – wie zum Beweis meiner selbst. Dass ich im Übrigen zunehmend die Herzen der Stammtische verlieren würde. Dass ich mich über die Gefühle der Stammtische nicht einfach hinwegsetzen dürfe. Dass man diese Tische weder meiden noch umgehen könne. Dass ich überall, nur nicht abseits dieser Tische stehen dürfe. Wie mimosenhaft mein Verhalten angesichts dieser Tische erscheine. Mimosenhaft und herablassend. Dass ich dem Spitzenkandidaten der Opposition, dessen Namen ich nicht einmal kannte, mit derartigen Verhaltensweisen Prozentpunkt um Prozentpunkt schenken würde: Sympathiepunkte, Menschenpunkte, Wählerpunkte …

Dass ich auch nicht einfach nach Hause fahren könne. Wie ich mir das vorstelle? Nachdem ich davon gesprochen hatte, vielleicht ein oder zwei Tage nach Hause zu fahren. Um mich dort umzuschauen. Oder spazieren zu gehen. Und um mich zu erinnern … Dass das unmöglich sei, so März. Wo ich denn zu wohnen gedächte? Dass ich mir nicht einmal sicher sein könne, bei meiner Frau überhaupt willkommen zu sein. Dass das viel zu riskant sei. Und unwägbar. Und auch überflüssig. Dass der Wahlkampf in seine entscheidende Phase münde. Dass meine Partei mich brauche – dringender denn je. Dass ich jetzt Präsenz zeigen und Haltung bewahren müsse – mehr denn je. Dass meine Präsenz ab jetzt eine Dauerpräsenz sei. In einem Dauerwahlkampf …

Dann war März wieder besserer Stimmung. Er telefonierte, er lobte, er zeigte auf Sehenswürdigkeiten und er munterte auf. Ich solle noch direkter und hemdsärmliger auf die Menschen zugehen, sie grüßen, ihnen zuwinken, sie loben, sie beschwichtigen. *Grüner Bereich*, sagte er. Er sagte es zu mir wie auch zu wartenden Journalisten. Alles sei im *grünen Bereich*. Oder in der *grünen Spur*. Er, März, er sei über alle Maßen zuversichtlich, und Hannah erklärte mir, was das eigentlich bedeute, wenn März *grüner Bereich* oder *grüne Spur* sage. Dann bedeute das: Es geht noch so gerade eben. Eigentlich ist die Lage schon ziemlich ernst. Dann sei damit zu rechnen, dass März in Wahrheit besorgt sei, dass er uns demnächst zu sich rufen und fragen würde: Ob wir irgendetwas zu sagen hätten, zu den neusten Umfragewerten. Ob uns irgendetwas dazu einfalle …

Hannah schrieb das in mein Notizheft. *Grüner Bereich*. Oder *grüne Spur*. Ich fragte sie, warum sie das tue? Und sie antwortete, das sei ein Glossar: das *Glossar von Märzens Stimmungen und Wörtern*. Wie in ein Vokabelheft schrieb sie all die Wörter, die März immer wieder sagte, in mein Heft, und sie schrieb daneben, was diese Wörter eigentlich bedeuteten. Sie bedeuteten meist nichts Gutes. Oder zogen dunkle Stimmungen nach sich. Zum Beispiel das Wort *stark*. Eine Rede sei *stark* gewesen. Bedeutete in Wahrheit eine matte Rede. Eine gerade noch mögliche Rede. Also dasselbe wie *grün*. Oder die Wörter *nicht minder*. Eine Sache sei *nicht minder* gut oder erfolgreich als eine andere Sache. Bedeutet nach März: Sie ist in Wahrheit ungleich schlechter, schon im freien Fall. Bedeutet rastlose Aktivität, bedeutet Arbeit, bedeutet schlaflose Nächte … Hannah senkte nicht einmal ihre Stimme, als sie das sagte.

An manchen Abenden mussten Reden umgeschnitten, in manchen Teilen sogar neu gesprochen werden. März schickte Hannah zu mir. Ich hatte in einer Rede Wörter und ganze Sätze verwechselt. Statt: *Gleicher Lohn für gleiche Arbeit* hatte ich gesagt: *Gleiche Arbeit für gleichen Lohn.* Wie man so etwas nur verwechseln könne. So März. Der gesamte Wahlkampf könne durch eine solche Verwechslung aus dem Ruder laufen. Dass der Satz fatal sei: *Gleiche Arbeit für gleichen Lohn.* Es mussten zahllose Stellen neu gesprochen werden. Statt: *Gleiche Arbeit für gleichen Lohn* nun also: *Gleicher Lohn für gleiche Arbeit.* Ob das nicht das Gleiche sei? fragte ich März. Nein, es sei nicht das Gleiche, es sei ein gewaltiger Unterschied, so seine Antwort. Genauso wie der Satz: *Wir brauchen wieder Versionen.* Was ich mir dabei gedacht hätte? Wie Hannah so etwas habe zulassen können. Versionen. Statt Visionen. *Wir brauchen wieder Visionen.* Er sprach es uns mit großen Mundbewegungen vor: Visionen. Oder das Wort *Wahlkampfpreise*, das ich statt *Wahlkampfreise* gesprochen hatte. *Meine Wahlkampfpreise.* All das musste korrigiert werden, was nicht einfach war. Hannah kam immer wieder zu mir, damit ich diese Wörter neu spreche:

Visionen statt Versionen, Wahlkampfreise statt Wahlkampfpreise … Und sie ging wieder in ihr Zimmer, um
das in die Rede einzufügen. Sie war müde, sie war ge-
langweilt, sie war gereizt. Ob nun Wahlkampfreise. Oder
Wahlkampfpreise. Es interessierte sie kaum mehr. Es
war ihr egal. Sie fragte: Ob mir das Freude mache? Auf
einem Hotelbett zu sitzen und verstümmelte Wörter zu
sprechen. Oder allenfalls halbe Sätze, die dann zusam-
mengeschnitten oder umgeschnitten würden. Was für
grauenhafte Reden das seien, die März uns da vorlege.
Nichtssagende Reden. Fehlervermeidungsreden. Aussage-
verweigerungsreden. Beknieungsreden. Reden ohne irgendeinen erkennbaren Gedanken. Wir würden das alles
hinnehmen wie Schüler eine endlose Schule. Mit der größ-
ten Selbstverständlichkeit. In stupider Unterwürfigkeit.
Ohne irgendeine Frage zu stellen. Die ständigen Umfragewerte wie ein Zeugnis, das März uns immerzu vorhalte. So wie ein Lehrer einem Schüler eine missglückte
Hausaufgabe jeden Tag aufs Neue vorhalte. So wirke
das. Sie war gereizt, sie war ungehalten, sie war müde.

Im Hinausgehen fragte sie mich noch, was ich eigentlich studiert habe, und ich wollte es ihr in großer Selbstverständlichkeit sagen, doch ich fand keine wirkliche
Antwort. Derartig nichtssagend klangen die Fächer, die
mir in den Sinn kamen, und Hannah blieb stehen und
sagte: Ich müsse doch wissen, was ich studiert habe. Zum
Beispiel der Doktortitel, der auf jedem Wahlkampf-

plakat erscheine. Was das für ein Doktor sei? Ich wusste es nicht. Über welches Thema meine Doktorarbeit gegangen sei? Ich wusste es nicht. Oder ich wusste es nicht wirklich. Ich erinnerte mich nur an die Endlosigkeit jahrelanger Arbeit. Das war meine Doktorarbeit.

Doch Hannah ließ nicht ab und sagte: Ich müsse doch wissen, welches Fach ich studiert hatte, und ich erinnerte mich nun, wie meine Eltern – gleich nach meinem Abitur – sich zusammengesetzt hatten und all die Fächer, die ich studieren könnte oder studieren sollte, in großer Eindringlichkeit besprachen. Sie prüften den Klang jedes einzelnen Fachs. Denn schon in diesem Klang lasse sich der Ernst und die Durchschlagskraft eines Fachs erkennen. Sie erörterten das Ansehen und den Wert jedes Fachs. Sie begutachteten die Aussichten der in Frage kommenden Fächer. Was man mit ihnen anfangen könne? Wie lange man dafür studieren müsse? Verwandte und Freunde wurden eingeladen, um ihre Meinung zu äußern. Manche rieten zu bestimmten Fächern zu, andere rieten entschieden von ihnen ab. *Auf keinen Fall Anthropologie.* So ein Onkel. *Auf keinen Fall Anthropologie.* Es war ein fieberhaftes Abwägen, Vergleichen und Verwerfen. Als könnte durch ein falsches Studium mein Leben aus den Fugen geraten. Und ich erinnere mich noch, wie mein Vater irgendwann, fast schon ein wenig resigniert, sagte: Wir werden schon noch etwas für ihn finden. Daran erinnere ich mich.

Oskar Saar. Was mir der Name sage, fragte März, als er mich am nächsten Morgen zu sich rief. Oskar Saar. Der Name sollte mir allerdings einiges sagen, denn dieser Name war nicht irgendein Name, sondern der Name meines Gegenkandidaten. Man hätte mich mit diesem Namen weiterhin verschont, so März, wenn uns dieser Name nicht immer näher gekommen wäre. Jede Woche um einige Prozentpunkte näher. Wenige Tage später war er, Saar, sogar leibhaftig zu sehen, in einem Wahlkampfbus, der unserem Wahlkampfbus auf einer Bundesstraße entgegenkam. Ich hielt diesen Wahlkampfbus nur für ein Spiegelbild unseres eigenen Busses, doch März, der zu mir eilte, er zeigte auf diesen Bus: Das sei er. Das sei Oskar Saars Bus. Und März telefonierte. Und verglich unsere Wahlkampfroute mit Oskar Saars Wahlkampfroute. Und er versuchte den Gemeinsamkeiten und Unterschieden dieser Routen einen Sinn abzugewinnen.

März fühlte sich von Saar mehr und mehr verfolgt. Wenn wir in einer Stadt einen Auftritt hatten, dann konnte es sein, dass Saar in derselben Stadt wenige Tage später ebenfalls einen Auftritt hatte. Nic hatte er vor uns einen Auftritt. Stattdessen immer nach uns. Als wollte er etwas richtigstellen. Was immer ich auch gesagt hatte. Er wollte darauf eingehen können. Er wollte sich darüber lustig machen können. Er wollte darauf einhacken können. Immer das letzte Wort behalten. So März.

März zeigte mir Landkarten, auf denen in dicken

Pfeilen Saars Bewegungen aufgezeichnet waren. Nachstellbewegungen, Querbewegungen, Umschließungsbewegungen. Oder März zeigte auf eine Karte und meinte: Saar sei nur wenige Kilometer hinter uns. Oder über uns. Er sei mit einem Fallschirm in ein Stadion geflogen. Oder er habe ein Gestüt besucht. Das Gestüt von Marbach. Und er habe dort ein Fohlen getauft. An der Stelle, wo auch ich ein Fohlen getauft hatte. Und nicht wenige Menschen seien bei Saars Besuch anwesend gewesen. Am Ende sogar mehr Menschen als bei meinem Besuch. So März. Er zeigte uns täglich Zeitungen mit den neuesten Nachrichten von Saar. In einer Zeitschrift zeigte sich Saar auf einem Fahrrad. Er winkte von einem Berg herab. Unter ihm sah man zahllose Serpentinen. März nannte das Angeberei. Trittbrettfahrerei. Und Saar betonte in einem Interview: Wie leidenschaftlich gerne er Fahrrad fahre. Schon lange bevor bei mir, dem Ministerpräsidenten, irgendeine Rede von einem Fahrrad gewesen sei. Und Saars Frau bestätigte das. Wie oft ihr Mann mit dem Fahrrad unterwegs sei. Selbst im Winter. Und März bedeutete mir: Er, Saar, er habe wenigstens noch eine Frau. Während in meinem Wahlkampf von einer Frau nicht mehr die Rede war. Wie viele Prozentpunkte allein dieser Umstand uns gekostet habe.

Einmal sagte ich zu März, dass ich gerne etwas sagen würde. Und März dachte: dass ich *ihm* gerne etwas sagen wolle. Dabei hatte ich daran gedacht, in meinen Reden

etwas sagen zu wollen. Und März wirkte perplex. Ich
würde doch in meinen Reden die ganze Zeit etwas sagen.
Aber ich meinte, was auch Hannah gemeint hatte, dass
ich selber gerne etwas sagen würde. Ein paar eigene Gedanken aussprechen würde. Welche Gedanken? fragte
März.

Zum Beispiel, wie wir leben wollen, sagte ich.

Wie wir leben wollen? fragte März.

Wie wir leben wollen, sagte ich. Nicht wie wir leben
sollen oder leben müssen, sondern wie wir leben *wollen*
… Doch März hörte kaum zu. Oder er sagte: Später.
Oder: Diese Gedanken seien jetzt nicht aktuell. Sie
passten nicht zum Wahlprogramm. Man könne sie vielleicht bei späteren Gelegenheiten äußern. Ich fragte:
Wann? Nach dem Wahlkampf, so März. Oder im nächsten Wahlkampf.

Man könnte beispielsweise, sagte ich März, einmal im
Jahr jedem Bürger unseres Landes ein Buch schenken.

Ein Buch schenken?

Ein Buch schenken.

Warum sollte man so etwas tun? fragte März.

Einfach so, sagte ich.

März: Ich hätte doch sonst nie Interesse an Büchern
gezeigt.

Eben deshalb, sagte ich.

Dass das kaum praktikabel sei, so März.

Warum nicht?

Es sei teuer, ineffektiv und befremdlich.

Ich hatte an einen Gedichtband gedacht, den Hannah mir zum Lesen gegeben hatte.

März: Kein Mensch lese heutzutage Gedichte.

Vielleicht ja doch, sagte ich.

März: Die Idee passe nicht ins Wahlprogramm.

Ob man das Wahlprogramm nicht ändern könne?

März: Man könne ein Wahlprogramm nicht einfach ändern. Es sei längst verabschiedet.

Man könnte, wenn schon keine Gedichte, dann vielleicht Romane verschenken.

März: Kein Mensch habe etwas für derartige Geschenke übrig.

Man könnte zum Beispiel jedem, der ein solches Buch bei sich hat, Freifahrten in Zügen oder Bussen anbieten.

Dass das unmöglich sei, so März.

Warum?

Politisch, rechtlich und haushaltstechnisch unmöglich. Ich solle mir das aus dem Kopf schlagen. Ich solle lieber an meine nächste Rede denken. Oder aus dem Fenster schauen. Oder mich mit Landesfragen beschäftigen.

Ich fragte März, warum es so viele Scheidungen gebe?

Er wusste es nicht. Das sei nun einmal so.

Ich sagte ihm, es gebe möglicherweise all diese Scheidungen, weil so viele Menschen verheiratet sind, und es sind so viele Menschen verheiratet, nicht weil sie verheiratet sein wollen, sondern weil sie gerne Hochzeiten feiern. Und sie wollen Hochzeiten feiern, weil sie einmal in ihrem Leben gerne etwas Feierliches erleben und dabei im Mittelpunkt stehen wollen. Wenn man also Hochzeiten feiern könnte, ohne deshalb gleich verheiratet sein zu müssen, vielleicht gäbe es dann weniger Scheidungen. Und dafür mehr Hochzeiten.

Dass solche Gedanken politischer Selbstmord seien. So März. Dass ich derartige Gedanken nicht einmal im Traum denken dürfe. Geschweige denn irgendwo aussprechen. Er war auch ungehalten, als ich ihn fragte: Ob Kinder wirklich Kapital seien?

März: Was ich damit sagen wolle?

Ich hatte das in meinen letzten Reden oft genug gesagt, dass Kinder unser wichtigstes Kapital seien. Und ich fragte März: Ob man denn daran denken würde, unsere Kinder zu verkaufen? Oder sie zu vermieten? Wenn Kinder tatsächlich unser aller Kapital seien. An wen man sie dann zu verkaufen gedenke? Und wo man sie zu verkaufen gedenke? Und in welchem Alter man sie zu verkaufen gedenke?

Dass das nur eine Redewendung sei, so März. Dass man das nicht wörtlich nehmen dürfe, so März. Und ich fragte März: Was ist, wenn Kinder das nicht sein wollen, unser wichtigstes Kapital. Wenn sie lieber etwas anderes sein wollen. März winkte ab. Und ich fragte ihn bei dieser Gelegenheit, warum nicht auch Kinder wählen dürfen? Statt unser aller Kapital zu sein. Weil sie zu jung zum

Wählen seien, so März. Warum sie dann, fragte ich, nicht wenigstens ihre Schulen wählen dürfen? Oder ihre Lehrer? Oder ihre Eltern? März war fassungslos. Wie soll das gehen? Dass Kinder ihre Eltern wählen. Was für eine irrwitzige Idee das sei. Und ich erklärte ihm: Wenn immerzu die Rede von Wahl und Wahlkampf sei, warum dann nicht auch Kinder ihre Eltern wählen können? Oder Arbeiter ihre Arbeit? Oder Rentner ihre Rente? März winkte ab … Oder Männer ihre Frauen? Oder Frauen ihre Männer? März war entsetzt. Was ich da reden würde. Dass im Übrigen Männer ihre Frauen ja durchaus wählen dürften. Und umgekehrt. Doch ich sagte März, dass Frauen und Männer oft Gesichter machten, als ob dem gar nicht so sei …

Papperlapapp, erwiderte März.

Als ob sie nie wirklich hatten wählen dürfen. So sehen die Gesichter vieler Männer und Frauen aus. Oder wenn sie ein bisschen hatten wählen dürfen, dann hatten sie gewählt, weil ihnen gar keine andere Wahl blieb als so zu wählen, wie sie zähneknirschend nun einmal gewählt hatten. Als ob sie das gerade noch Mögliche gewählt hätten. So sehen die meisten Männer und Frauen aus. Das gerade noch irgendwie Mögliche, statt das Unmögliche. Doch wenn man Unmögliches gar nicht wählen darf, dann ist das ja gar keine richtige Wahl …

März führte mich in ein anderes Zimmer. Er sagte: Das sei Irrsinn. Konfus und haltlos. Geradezu blasphemisch.

143

Zu keinem Zeitpunkt dürfe ich jemals Derartiges auch nur andeuten. Er nannte das bodenlos, selbstmörderisch, wahlgefährdend, wahlvernichtend. Er war außer sich.

Hannah hatte gesagt, es gebe auch so etwas wie Meinungsfreiheit. Und März antwortete: Dass das für einen Ministerpräsidenten nur eingeschränkt gelte. Dass das nicht vordringlich sei. Im Übrigen auch nicht meine Aufgabe. Es gehe darum, eine Wahl zu gewinnen. Zumindest diese Wahl nicht zu verlieren. Dass es in einer Wahl nicht um Ideen gehe. Im Gegenteil. Es gehe um die Abwesenheit von Ideen. Es gehe darum, Ideen glaubwürdig zu verbergen. Oder sie von vornherein zu vermeiden. Oder sie zumindest so lange zu schleifen, bis sie keinen Schaden mehr anrichten. Darum gehe es.

Ich sollte lieber Autogramme schreiben. Autogramme würden Menschen eine Freude bereiten und keinen Schaden anrichten. Zum Beispiel eine Kellnerin, die mich beim Abendessen im Hotel um ein Autogramm bat. Das Autogramm sei nicht für sie, sagte sie, sondern für eine Kollegin, die sich nicht getraue, sich persönlich an mich zu wenden. Ich fragte: Warum sie sich das nicht getraue? Ihre Antwort: Weil sie sich schäme. Sie schäme sich, weil ich Ministerpräsident sei und sie nicht. Und März, der das gehört hatte, schaute mich an und sagte: Siehst du. Verstehst du.

Manchmal verwechselte ich das Wort Autogramm mit dem Wort Programm. Jemand wollte ein Autogramm, und ich antwortete: Gerne gebe ich Ihnen ein Programm. Und März sagte, meine Unterschrift sei in der Tat ein Programm. Mehr als nur ein Programm. Und ich fragte ihn bei dieser Gelegenheit noch einmal nach dem Wahlprogramm. Wenn dieses Wahlprogramm längst verabschiedet sei, fragte ich März, warum es dann überhaupt bindend sei, wenn man von dem Programm bereits Abschied genommen habe. Und März sagte, das seien Wortklaubereien. Ich solle mir lieber Gedanken über meine Frisur machen. Und er schickte einen Friseur. Und er schickte am selben Abend Hannah zu mir. Sie brauchte noch einige Wörter und Halbsätze, die ich bitte sprechen sollte. Hannah sollte sie in meine Reden einarbeiten. Sie musste diese Reden immer wieder umändern. An neue Gegebenheiten anpassen. Oder in die Länge ziehen. Wenn zum Beispiel ein Auftritt statt dreißig Minuten plötzlich vierzig Minuten dauern sollte. Hierzu brauchte sie Füllwörter und Füllsätze, nicht irgendwelche Füllsätze und Füllwörter, sondern Füllwörter und Füllsätze, die März akzeptieren würde. Zum Beispiel Formulierungen wie: *Weil er nämlich ...* Etwa Oskar Saar. *Weil er nämlich irrt, weil er nämlich behauptet, weil er nämlich sagt ...* Nicht: Er irrt, er behauptet, er sagt. Sondern: Weil *nämlich.* Weil nämlich dies, weil nämlich das, weil nämlich etwas anderes. März wollte das so. Wie auch das Wort *zwar,* das ich ebenfalls sprechen sollte. Und zwar dies, und zwar das, und zwar nämlich ...

Hannah saß am Fußende meines Betts und hielt das Mikrophon. Sie sagte, es tue ihr leid, dass sie mich so spät noch bemühe. Sie brauche jedoch die Wörter noch diese Nacht, um die nächste Rede vorzubereiten. Sie räumte ein, dass das nichtssagende Wörter seien, die ich sprechen sollte. Und zwar. Es gebe kaum ein schlimmeres Wort als das Wort *zwar*. Wie viel Hässlichkeit in diesem Wort stecke. Und Unaufrichtigkeit. Dennoch sollte ich es bitte noch einige Male sprechen. *Und zwar, und zwar ...* Sie hantierte an ihrem Aufzeichnungsgerät, das nicht richtig funktionierte. Deshalb musste ich die Wörter immer wieder neu sprechen. Und noch einmal. Und noch einmal. Sie schaute mich Wort für Wort an, um mir das zu erleichtern.

Sie suchte nach einem Mikrophon, das sie irgendwo abgelegt hatte. Sie konnte es nicht finden. Sie suchte es unter der Bettdecke. Sie suchte es unter dem Bett und sie suchte es unter dem Kissen. Sie entschuldigte sich. Weil ihre Hände mich streiften. Das tue ihr leid. Und sie suchte weiter nach dem Mikrophon, das sie nicht fand. Irgendwann sagte sie: Es sei nicht so wichtig. Es sei nur ein Mikrophon. Sie werde am nächsten Morgen weitersuchen.

Sie sagte: Es sei manchmal so kalt, wenn sie nachts an ihrem Computer sitze und meine Reden bearbeite. Und wenn sie zu Bett gehe, dann könne sie oft nicht schlafen. Manchmal sehne sie sich danach, neben einem Menschen einzuschlafen. Oder wenigstens nicht allein aufzuwachen. Sie suchte kein Mikrophon mehr. Ihre Hände streiften mich nicht mehr. Sie legte sich einfach zu mir – ihre Hände lagen nun zusammengerollt zwischen uns. Nach und nach öffneten sich ihre Hände. Oder sie begegneten sich mit meinen Händen. Ich wollte meine Hand zurückziehen, doch sie sagte: Das brauchst du nicht. Ich sollte meine Hand bewegen, wohin ich wollte. Sie sagte: Es sei mein Bett, in dem ich liege, also sei meine Hand frei. Es sei meine Hand, und sie habe keine Probleme mit meiner Hand. Dann schlief sie.

In manchen Nächten wachte ich auf, und sie war verschwunden. Es lag dann nur noch – wie zum Abschied – irgendein Kabel oder ein Mikrophon neben mir. Oder ich wachte auf, weil sie sich wieder zu mir legte. Weil sie in meinem Bett besser schlafen konnte. Oder weil sie fror. Oder weil sie sich in meiner Dusche die Haare gewaschen hatte. Ob mir das etwas ausmache? Es machte mir nichts aus. Im Gegenteil.

Ich werde nicht vergessen: Wie ihre nassen Haare tropften, wenn sie aus der Dusche in mein Bett kam. Sie tropften auf mich und auf das Bett. Oder wie ihr nasses Haar auf mich herabfiel, wenn sie sich zu mir beugte. Ihr Haar glich dann einem Wasserfall. Wir lagen darin umarmt wie in einem Versteck. Und mit einer einzigen Kopfbewegung flog ihr Haar wieder nach oben, gegen die Wand, und fiel dann wieder auf mich herab. Manch-

mal lagen wir zusammen, bis ihr Haar getrocknet war –
und sie irgendwann aufstand und in ihr Zimmer ging.

Sie duschte sich bei mir, weil sie nicht alles allein ver-
richten wollte. Weil sie nicht immerzu allein duschen
wollte, ohne die Andeutung eines anderen Menschen.
Wenn sie duschte, dann verwandelte sich unser Zusammensein in ein Gefühl von Wind und Meer. Ich trocknete
sie ab. So als käme sie direkt aus dem Wasser. Wir lagen
am Strand. Sie stützte sich auf. Ihr Haar tropfte. Manchmal trieben wir stundenlang – wie auf Dünungen.

In manchen Momenten glaubte sie, März könnte hereinkommen. Jederzeit könne er hereinkommen. Sie konnte dann ihre Verlegenheit kaum verbergen und machte
sich zurecht und suchte nach einem Mikrophon, um noch
irgendwelche Wörter aufzuzeichnen. Für den Fall, dass
März hereinkommen sollte. Deshalb sollte ich Wörter
sprechen. Als ob wir uns damit irgendwie erklären könnten.
Also sprach ich. Doch mitten in einem Satz konnte sie
meine Hand nehmen und mich zu sich ins Bett ziehen.

Sie lag neben mir und sagte: Ich will endlich wieder
einmal schwimmen. Sie sei seit Wochen nicht mehr ge-
schwommen. Seit März sie zu uns geholt habe. Sie wollte
endlich wieder ein richtiges Schwimmbad erleben – gerne
auch mitten in der Nacht. Sie würde dafür über Zäune
und Hecken steigen. Ob ich ihr mein Fahrrad leihen
würde? Sicher würde ich ihr mein Fahrrad leihen, sagte
ich, und zog mich an, nachdem sie sich bereits in aller

148

Eile angezogen hatte, weil sie nun nach unten, in die Tiefgarage wollte. Dort stand der Wahlkampfbus. Daneben hatte Walter die Räder aufgestellt. Er wusch sie jeden Abend mit einem Hochdruckreiniger. Ich überreichte Hannah mein Fahrrad. Das sei ein furchtbares Fahrrad, sagte sie. Der Sattel sei viel zu hoch. Und auch zu hart. Wie ich auf einem solchen Sattel jeden Tag sitzen und wahlkämpfen könne. Doch sie blieb auf dem Sattel sitzen. Denn sie wollte endlich los. Das Fahrrad hatte nicht einmal einen Gepäckträger, an dem sie ihr Handtuch hätte befestigen können. Wie man ein solches Fahrrad nur bauen könne, meinte sie, ein Fahrrad ohne Gepäckträger. Das Fahrrad hatte auch kein Licht. Doch es war ihr egal. Es werde bald dämmern. Sie wollte nun los. Fast im Vorbeifahren fragte sie, ob ich mit ihr kommen würde? Und ich sagte ja, und sie schien sich darüber zu freuen. Also stieg ich auf irgendein Fahrrad neben dem Wahlkampfbus. Sie zog an einem Bändel neben der Garagentür. Die Tür öffnete sich. Dann fuhren wir ins Freie.

Wir fuhren nebeneinander: sie auf meinem Fahrrad, ich auf dem Fahrrad eines Sicherheitsbeamten. Sie nannte es Sicherheitsbeamtenfahrrad. Und sie lachte über meinen Helm, den ich mir noch aufgesetzt hatte. Ich würde mit diesem Helm in der Tat aussehen wie ein Sicherheitsbeamter. Hannah meinte: Wenn wir nur den Fluss entlangführen, dann komme früher oder später ein

Schwimmbad. Denn alle Schwimmbäder der Welt lägen an Flüssen. Zumindest die Schwimmbäder, die sie kannte. Also fuhren wir einen Fluss entlang. Sie sagte: Es sei sehr schön auf dem Fahrrad. Viel leichter als sie das erwartet hatte. Das Fahrrad fahre wie von selbst. Sie habe nirgendwo Schmerzen. Nicht einmal ihr Rücken tue ihr weh. Und auch an den Sattel hatte sie sich gewöhnt. Das Handtuch des Hotels lag über ihren Schultern. Dadurch sah alles harmlos aus.

Als in der Ferne, am Ende eines Tals, tatsächlich ein Schwimmbad auftauchte, da war das ein wunderschönes Schwimmbad. Genau so, wie Hannah sich ihr Schwimmbad vorgestellt hatte. Es war nur schon seit Jahren stillgelegt. In den Schwimmbecken wuchsen bereits Bäume. Und Hannah überhäufte mich, halb im Spaß, halb im Ernst, mit Vorwürfen. Dass ich als Ministerpräsident dafür verantwortlich sei, dass es immer weniger Schwimmbäder gebe. Warum das so sei, fragte sie. Ich versprach ihr, dass ich mit März darüber reden würde. Schon nachher. Sobald wir wieder zurück seien. Denn sie tat mir nun leid. Weil sie sich so sehr auf das Schwimmen gefreut hatte. Und weil wir wahrscheinlich kein anderes Schwimmbad mehr finden würden. Jedenfalls nicht so bald.

Sie schaute auf den Radcomputer und sagte: Wir fahren noch genau zwei Kilometer, dann kehren wir um. Und ich schaute auf meinen Radcomputer und sah, dass wir bereits über zehn Kilometer gefahren waren und dass wir diese zehn Kilometer wieder zurückfahren müssten. Doch sie sagte, sie habe keine Schmerzen. Ihr Fahrrad fahre wie von selbst. Sie könne immer so weiterfahren.

In der Ferne sahen wir einen See. Doch Hannah wollte keinen See, sondern ein Schwimmbad, mit einem Sprungturm und einem Beckenrand, auf den wir uns nach dem Schwimmen legen könnten. Die Sonne schien bereits und Hannah wollte sich nach dem Schwimmen unbedingt auf einem Beckenrand in die Sonne legen. Mit ihren nassen Haaren. Und glänzenden Armen. Und ich wollte das auch.

Später sagte ich: Es sei kurz vor sieben. Dass März uns demnächst wecken werde, dass wir langsam umkehren sollten, da sahen wir ein Schwimmbad. Es war ein Schwimmbad ohne Sprungturm, aber mit einem Beckenrand. Und wir stiegen ab und gingen sofort hinein, denn das Bad hatte bereits geöffnet. Hannah hatte keinen Badeanzug bei sich. Dafür ihr Hotelhandtuch. Sie zog sich hinter einem Busch aus und schwamm ohne Badeanzug. Sie sagte: Man sieht das kaum. Natürlich sah man es. Man sah es weithin. Und die Menschen, die Hannah sahen, sie saßen atemlos.

Sie schwamm eine Ewigkeit, dann legte sie sich zu mir auf den Beckenrand in die Sonne. Wir lagen Hand in Hand. Wir wachten auf und schliefen wieder ein. Irgendwann war das Schwimmbad übervoll. Man beachtete uns kaum. Nicht einmal Hannahs nackten Körper beachtete man, neben all den anderen Körpern. Wir müssen wieder zurück, sagte ich. Und Hannah nickte: Ja, wir müssen zurück. Doch wir blieben liegen. Sie drehte ihr Gesicht zu meinem Gesicht. Und sie berührte mit ihren Lippen meine Lippen.

Nach und nach suchte ich ihre Kleider zusammen. Nach und nach zog sie sich an. Dann gingen wir. Zu unseren Fahrrädern, zurück zu unserem Hotel, das für mich ein beiläufiges, ein völlig beliebiges Hotel war, ohne dass ich mit diesem Hotel irgendeinen Namen hätte verbinden können. Ein Hotel namens Krone oder Hirsch oder Sonne. So oder so ähnlich hieß unser Hotel. Denn die Hotels, in denen wir übernachteten, klangen alle gleich. Sie klangen nach Tieren oder Bäumen oder Landleben. Wir wussten nicht einmal den Namen des Dorfes, in dem das Hotel liegen könnte. Denn auch diese Dorfnamen, sie klangen alle gleich. Wahrscheinlich ein Dorf mit der Endung Ingen. Daran erinnerte ich mich. Irgendein Ingen. Alle Dörfer und Städte, so Hannah, enden in dieser Gegend mit Ingen. Selbst das füge sich in die Monotonie des Landes, das ständige Ingen. Als wäre kein Ort denkbar ohne ein Ingen. Hechingen, Mössingen, Balingen, Wilfingen … Wie sollten wir ein Dorf finden inmitten dieser endlosen Ingens.

Wir fuhren Richtung Süden. Denn das sei ungefähr die Richtung, aus der wir gekommen waren. So glaubte ich. Und Hannah sagte, sie habe keinerlei Orientierung. Ich solle vorausfahren. Mein lieber Sicherheitsbeamter. Sie werde mir nachfahren.

Nach wenigen Kilometern sagte sie: Wir müssen telefonieren. Spätestens jetzt müssen wir telefonieren. An erster Stelle mit März, der sicher ungehalten war. Was uns einfalle? Was wir uns dabei gedacht hätten? Doch sie war ohne ihr Handy. Es lag noch auf ihrem Nachttisch. Also fuhren wir weiter. Um wenigstens einige wenige Kilometer voranzukommen. Doch Hannah sagte: Das sei sinnlos. Das führe zu nichts. Wir seien viel zu spät. Die anderen seien womöglich schon längst unterwegs, zu unserem nächsten Wahlkampfauftritt. Daran konnte sie sich noch erinnern: Um 13 Uhr, ein Wahlkampfauftritt. Weil an jedem Tag um 13 Uhr irgendwo ein Wahlkampfauftritt sei. Sie wusste nur nicht wo. In irgendeiner Stadt mit der Endung Ingen.

Sie wollte von einer Telefonzelle aus mit März telefonieren. Sie wollte ihn fragen: Wo das sei? Der nächste Wahlkampfauftritt? In welchem Ingen das liege? Ob man uns abholen könne? Oder ob wir selbst irgendwie dorthin kommen könnten? Das wollte sie ihn fragen. Sie wollte mit ihm sprechen. Als ob alles in bester Ordnung wäre. So wollte sie mit ihm sprechen. Nur eine kleine Verzögerung. Alles bestens. Alles im grünen Bereich.

Sie hatte seine Nummer nicht. Die Nummer war in ihrem Handy, das auf ihrem Nachttisch lag, weshalb sie

die Auskunft anrief, die uns die Nummer nicht geben
wollte, da dies eine Geheimnummer sei. Keine Nummer
für die Öffentlichkeit. Und Hannah sagte: Sie sei nicht die
Öffentlichkeit. Sie sei nicht irgendjemand. Sie sei eine
Mitarbeiterin von März, der wiederum ein Mitarbeiter
des Ministerpräsidenten sei, mit dem sie hier leibhaftig
stehe, irgendwo auf dem Land. Dass der Ministerpräsident um 13 Uhr einen Wahlkampfauftritt habe. Dass wir
verloren gegangen seien. Dass man uns dringend erwarte.
Dass man uns bereits suche …

Sie legte auf.

Später kamen wir in einen Ort namens Mössingen.
Denn für einige Kilometer war ich mir sicher gewesen,
dass dies ein Name sei, wo in der Tat unser Wahlkampfauftritt stattfinden könnte. In Mössingen. Ich hatte den
Namen in deutlicher Erinnerung. Mössingen. Das war
ein Wahlkampfname. Mössingen. Ob sie das nicht höre.
Am Klang dieses Namens. Mössingen. Deshalb fuhren
wir also nach Mössingen. Hannah sagte: Dass wir genauso gut erst morgen oder übermorgen in Mössingen einen
Wahlkampftermin haben könnten. Oder bereits vorge-
stern in Mössingen einen Wahlkampftermin gehabt hatten, ohne das zu wissen oder uns daran zu erinnern. Es sei
alles so einerlei.

Sie hätte im Staatsministerium anrufen können. Doch
sie tat es nicht, auch weil sie keine geeignete Nummer
hatte. Stattdessen sagte sie: Es sei alles ihre Schuld. Es tue

ihr leid, und ich versprach ihr: Dass ich mit März sprechen werde. Dass ich ihm alles erklären würde. Dass man durchaus bei einem Wahlkampfauftritt einmal auf uns verzichten könne. Und wir fuhren weiter.

Kein Mensch in Mössingen wusste etwas von einem Wahlkampftermin. Jedenfalls nicht in Mössingen. Und auch nichts von einem Wahlkampfauftritt in der Nähe von Mössingen. Niemand wusste etwas davon. Später sagte sie: Wir hätten einfach zur Polizei gehen sollen. Wir hätten sagen sollen: Hier sind wir. Bitte rufen Sie März an. Bitte bringen Sie uns zu ihm.

Wir kamen in ein Dorf namens Talheim. Hannah mochte diesen Ort. Vielleicht weil das der erste Ort ohne ein Ingen war. Er lag am Ende eines Tals, wie ausgesetzt oder verstoßen. Talheim. Hannah wollte eine Pause machen, etwas zu essen und zu trinken kaufen, bevor sie mit dem Staatsministerium telefonieren würde. Sie hatte kein Geld, was sie verärgerte, und auch ich hatte kein Geld, was sie ebenfalls verärgerte. Warum ich kein Geld hätte? Sie hatte das letzte Geld im Schwimmbad ausgegeben, und ich durchsuchte meine Taschen und musste gestehen, dass auch ich kein Geld hatte. Nicht einmal Andeutungen von Geld, was Hannah wütend machte. Wie das gehe, fragte sie, dass ein Ministerpräsident kein Geld habe? Und ich erklärte ihr: Dass März das alles für mich erledige. Dass er für mich bezahle. Oder mir Geld gebe, wenn ich welches brauchte, was nur selten vorkomme, da ein Ministerpräsident eigentlich so gut wie nie Geld brauche, da er immerzu eingeladen werde.

Hannah nannte das Taschengeld: Er ist Ministerpräsident, und März gibt ihm Taschengeld. Wie ein kleiner Junge bekommt unser Ministerpräsident Taschengeld. Wie viel Taschengeld März mir in der Woche gebe? 50 Euro? 100 Euro? Und was ich mit dem Taschengeld alles kaufen dürfe? Und ob März mir das Taschengeld gelegentlich streiche? Wenn ich eine schlechte Rede hielte oder die Umfragewerte im Fallen seien …

Sie war außer sich.

Ich zeigte ihr, wie zum Beweis, eine Scheckkarte, die ich in meiner Hosentasche gefunden hatte. Das sei meine Scheckkarte, sagte ich. Nichts anderes als meine eigene Scheckkarte. März habe keine Ahnung von dieser Scheckkarte. Ich wusste nur die PIN-Nummer nicht – jedenfalls nicht mit absoluter Sicherheit. Doch überlegte ich mir bereits mögliche Nummern. Nummern, die ich in der Klinik gesagt und wieder verworfen oder in mein Notizheft geschrieben hatte. Manche Nummer hatte ich auch nur gesagt, um die Ärzte damit zu beeindrucken. Niemand wäre auf die Idee gekommen, diese Nummern ernsthaft zu überprüfen.

Hannah stand neben mir an einem Geldautomaten und meinte: Ich solle meinen Geburtstag probieren. Oder ich solle die Geburtstage meiner Eltern oder meiner Frau probieren. Ich hatte keine Ahnung von diesen Geburtstagen. Nicht einmal eine unwirkliche Ahnung. Hannah meinte, man könne das im Internet herausfinden, den Geburtstag meiner Frau und andere Geburtstage.

Man schickte uns zu einer Tankstelle. Dort befinde sich ein Internetzugang, um die Geburtstage meiner Familie irgendwie herauszufinden. Die Tankstelle lag bereits auf der Höhe der Schwäbischen Alb. Hannah sagte: Ich solle vorausfahren und oben auf sie warten. Doch sie war es, die vorausfuhr und oben auf mich wartete. Sie saß unter einem Baum. Sie sagte: Wie still es hier oben sei. Als ob man uns gar nicht vermissen würde. Und wir sahen andere Radfahrer, die an uns vorbeifuhren und uns zuwinkten. Als wäre unsere Anwesenheit hier oben ganz normal.

Dass das einen Euro pro Stunde koste, das Internet, sagte der Tankwart. Dass wir zurzeit kein Geld hätten, erklärte Hannah. Dass wir aber später aus einem Geldautomaten Geld holen würden. Sobald wir die richtige PIN-Nummer finden würden, die wir im Internet zu finden hofften.

Der Tankwart verlangte einen Euro.

Ich erklärte ihm: Dass wir mitten in einem Wahlkampf sind ... Dass wir dringend mit März telefonieren müssen ... Dass März wahrscheinlich außer sich vor Sorge ist ... Dass man überall nach uns sucht ... Der Tankwart sagte: Er interessiere sich nicht für Politik. Und ich antwortete ihm, dass auch ich mich nicht wirklich für Politik interessiere – und der Tankwart überließ uns achselzuckend das Internet.

Hannah suchte nach meinem Geburtstag. Und sie suchte auch nach den Geburtstagen meiner Frau und den meiner Eltern. Und nach anderen Zahlen und Nummern aus meinem Leben: Erstmaliger Amtsantritt. Prozente bei Wahlsiegen. Jahr der Promotion. Wirtschaftswachstum im letzten Jahr. Sie suchte und suchte, schrieb Zahlen und Nummern auf ein Stück Papier, dann fuhren wir weiter, von Dorf zu Dorf, auf der Suche nach einem Geldautomaten, den es nirgendwo gab. Wir hätten auch nach Polizeistationen fragen können oder nach Notrufsäulen, die es ebenfalls nirgendwo gab.

Als es dunkel wurde, kletterten wir über einen Zaun in ein Schwimmbad, das Hannah im Vorbeifahren entdeckt hatte. Nur dort wollte sie übernachten, in diesem Schwimmbad, nirgendwo sonst. Bei den Umkleidekabinen entdeckte sie einen Wasserhahn, aus dem wir minutenlang tranken. Dann legten wir uns auf eine Wiese: auf unser Handtuch, das Hannah noch bei sich trug. Wir lagen ausgestreckt, so als wäre es noch hell am Tag, als wäre das Schwimmbad noch voll und unsere Anwesenheit hier ganz normal. Je kühler es wurde, desto mehr dachte ich daran: irgendwo hinzugehen, an ein Haus, in dem noch Licht brennt, und uns zu melden. Vielleicht sagte ich auch: um uns zu stellen. Dass man sich mit März in Verbindung setzen solle. Dass man ihm mitteilen solle, dass … Doch ich blieb sitzen. Und auch Hannah blieb sitzen. Sie sagte: Dass das alles ihre Schuld sei. Dass März wahrscheinlich außer sich vor Entsetzen sei. Sie werde nicht mehr zu ihm zurückkehren. Es werde eine furchtbare Rückkehr werden. Sie wolle sich eine solche Rückkehr ersparen. Doch sie wollte, dass wenigstens ich so schnell wie möglich zurückkehre. Schon morgen früh. Sie wollte ein Taxi für mich rufen … Und sie wollte schwimmen. Ich sagte ihr: Das ist doch viel zu kalt. Sie antwortete: Das sei ihr egal. Und sie breitete ihre Arme aus und rief: Dass eine Wahl verloren gehe! Dass eine Wahl verloren gehe, nur wegen ihr … Sie rief das laut durch das Schwimmbad. Dass sie eine Wahlverderberin sei. Eine Wahlvernichterin … Dass wegen ihr eine Wahl verloren gehe – in einem Land, in dem seit fünfzig Jahren (zumindest aus der Sicht von März) keine einzige Wahl verloren wurde, in einem Land, in dem eigentlich noch nie aus der Sicht von März irgendeine Wahl verloren wurde.

Mitten in der Nacht sagte sie: Wir seien ohnehin den ganzen Tag in die falsche Richtung gefahren. Die Wahlkampftermine hätten ohnedies in einer völlig anderen Gegend stattgefunden. Weit entfernt von irgendeinem Mössingen. Woher sie das wisse? fragte ich sie. Sie habe das, so ihre Antwort, vorhin im Internet nachgeschaut. Sie hatte auch nachgeschaut, wo ich morgen überall auftreten würde, zum Beispiel in Lindau am Bodensee. Es

159

sei dort ein Treffen mit dem bayrischen Ministerpräsidenten angekündigt. Das Treffen sei um 17 Uhr, sagte sie. Sie werde morgen ein Taxi rufen und mich dorthin bringen lassen. Wenigstens das.

Sie fror nicht. Obwohl es längst Nacht war. Sie lag mit ausgestreckten Armen, als ob die Sonne noch scheinen würde. Als könnte ich ihr – vor lauter Sonne – noch den Rücken einreiben. Warum ich es nicht tue? fragte sie. Und sie machte ihren Rücken frei, und ich massierte ihn, ihren schmalen Rücken, ohne jede Sonnenmilch. Morgen wolle sie als Erstes schwimmen gehen, sagte sie. Dann schlief sie.

Frühmorgens fuhren wir weiter. An einer Bushaltestelle entdeckte ich eine Landkarte. Ich wollte sehen, wo das genau liegt, Lindau, und ob wir vielleicht mit dem Fahrrad dorthin fahren könnten, nach Lindau, wo ich um 17 Uhr den bayrischen Ministerpräsidenten treffen sollte, dass eine Anreise mit dem Fahrrad unser Verschwinden möglicherweise zu aller Zufriedenheit erklären könnte, dass wir, so würde ich das März erklären, nur kurz hatten schwimmen gehen wollen und dann den Weg ins Hotel nicht zurückgefunden hatten und uns schließlich neu orientiert hatten und aus eigenem Antrieb den ganzen Weg mit dem Fahrrad nach Lindau gefahren seien … So könnte man März das erklären. Dass unsere Anfahrt mit dem Fahrrad den Wahlkampf womöglich gar beflügeln könnte, dass März uns für diesen Einfall am Ende sogar dankbar sein müsste … Sie stand neben mir. Vielleicht hörte sie gar nicht zu.

Sie wollte sich in einem Brunnen waschen. Und danach einen Geldautomaten suchen, den wir irgendwann auch fanden, in einer kleinen Bank am Rande eines Dorfs. Immerhin gelangten wir mit der Scheckkarte in einen Vorraum. Das sei doch schon etwas, sagte ich. Wenigstens der Vorraum. Und Hannah betrachtete nun all die Zahlen und Nummern, die sie sich aufgeschrieben hatte, doch sie war sich nun sicher, dass diese Zahlen falsch und ungeeignet seien. Dass sie im Übrigen noch nie von einer PIN-Nummer irgendeines Menschen gehört habe, die man sich einfach hätte aussuchen können, die sich nach einem Geburtstag oder sonst einem bedeutsamen Tag in unserem Leben richten würde. Ich antwortete: Vielleicht ja doch. Aber Hannah sagte: Mit Sicherheit nicht. Und Hannah probierte eine erste Jahreszahl, ohne Erfolg, und wir gingen, damit die Karte nicht einbehalten werden konnte, zu einem anderen Geldautomaten in einem anderen Dorf und probierten dort eine weitere Jahreszahl, aus meinem Leben, dann aus ihrem Leben – und wir wurden dabei immer öfter von Menschen misstrauisch beäugt. Und Hannah fragte eine Dame, die zu uns rüberschaute: Ob sie ein Problem habe? Ob *sie* vielleicht eine geeignete Nummer wisse? Oder uns eine Nummer vorschlagen könnte. Oder wir unsere Nummern oder Scheckkarten einfach tauschen könnten … Bis unsere

Karte irgendwann einbehalten wurde – vor lauter falschen Zahlen und Nummern und feindseligen Blicken. Und Hannah meinte: Warum nimmst du nicht einfach deinen Helm ab und sagst, wer du bist.

Dass man mir womöglich gar nicht glauben würde, sagte ich ihr, wenn ich meinen Helm abnehmen und sagen würde, wer ich sei. Dass kein Mensch das glauben würde. Gerade dann, wenn ich mich in aller Offenheit irgendwo hinstellen und behaupten würde, dass ich Claus Urspring sei. Dass man sogleich abwinken und weitergehen würde. Ich stellte mich neben ein Wahlplakat und rief: *Ich bin Claus Urspring.* Niemand hörte das. Niemanden interessierte das: Dass *ich* das war, der auf dem Plakat uns anschaute, der uns auf diesem Plakat anlächelte. Mit Zähnen, die ich gar nicht hatte.

Und ich zeigte ihr (als letzte Hoffnung) eine weitere Scheckkarte, die ich nachts in meiner Hosentasche gefunden hatte, meine allerletzte Scheckkarte, die ich ihr eigentlich erst später hatte zeigen wollen, wie eine letzte Möglichkeit, doch die ich ihr jetzt schon reichte, um sie aufzurichten. Und ich hatte sogar eine vage Idee einer Nummer, die zu dieser Karte passen könnte, eine Nummer, die ich in der Klinik mehrere Male erinnert und gesagt hatte – und die ich auch in meinem Notizheft vermerkt hatte. Ich sagte Hannah diese Nummer, sie war identisch mit dem Jahr meiner Promotion. Und sie antwortete: Was das miteinander zu tun haben soll, die PIN-Nummer und das Jahr meiner Promotion. Doch wir fuhren zum nächsten Dorf und probierten dort einen weiteren Geldautomaten, der uns tatsächlich Geld geben wollte. Einfach so. Hannah sagte: Er will uns Geld geben. Nachdem sie das Jahr meiner Promotion eingegeben hatte. Plötzlich gab es Geld. Hundert Euro. Und wir versuchten den nächsten Automaten. Zweihundert Euro. Und er gab ohne zu zögern zweihundert Euro. Geld für Promotion. Und wir wiederholten das, den ganzen Vormittag.

Hannah wollte frühstücken, Hannah wollte sich die Zähne putzen, Hannah wollte duschen, Hannah wollte weiter. Sie war nun ausgelassen. Sie deutete auf Wahlplakate und rief: Das sei ich. *Unser Ministerpräsident.* Oder: *Ein Land wie Ursprung.* Das sei ich, rief sie zu Passanten. Erst jetzt erlebte ich den Schrecken all dieser Plakate. Und es gab Dörfer, in denen die Plakate kein Ende nahmen. Noch ein Plakat und noch eines. *Das Wunder von Bern. Das Tor von Wembley. Und die Rückkehr Ursprungs.* Wunder und Schicksalsjahre. Das und vieles mehr stand auf den Plakaten, und Hannah fuhr mit ausgebreiteten Armen auf die Plakate zu, als wollte sie mich darauf umarmen.

Sie wartete auf einer Anhöhe und rief mir entgegen: Ich solle absteigen. Ich solle die letzten Meter schieben. Und die Augen schließen. Und als ich bei ihr war, sollte ich die Augen wieder öffnen. Und ich sah die Alpen. Siehst du das? Die Alpen. Sie schienen nur noch wenige

Täler von uns entfernt. Und vor den Alpen war der Bodensee. Man ahnte ihn jedenfalls. Er lag in einer diffusen Senke. Und es ging ab jetzt nur noch bergab. Was Hannah berauschte. Wir fuhren durch ein Spalier immer dichter hängender Wahlplakate: *Jetzt erst recht. Jede Stimme zählt. Jede Stimme für Ursprung …* So als wollte man diese Gegend beknieen. Oder wachrütteln. Hannah fuhr freihändig an den Plakaten vorbei. Manchmal schien es: durch die Plakate hindurch. Es folgte ein Stakkato kleinerer Plakate: *Und zwar. Und zwar jetzt. Und zwar Ursprung. Und zwar richtig.* Und Ursprung blickte angespannt. Als könnte die Welt morgen untergehen, wenn nicht Ursprung. Als könnte ein Ungeheuer kommen und all die Dörfer verschlingen – wenn nicht Ursprung, wenn nicht jetzt, und zwar sofort. Und Hannah kreischte wegen des Wortes *zwar*. Es war für sie das schlimmste Wort des ganzen Wahlkampfes. Vielleicht sogar das schlimmste Wort der deutschen Sprache. Sie wusste es nicht. Sie fuhr mit ausgebreiteten Armen weiter, ohne jede Müdigkeit – fast ausgelassen, bis wir keine Wahlplakate mehr sahen. Dann hielt sie plötzlich an und sagte: Sie würde mich gerne umarmen. Und mich gerne küssen. Weil alles so schön sei, wenigstens in diesem Moment.

Sie zeigte auf Bäume, unter denen wir liegen könnten. Und von wo aus wir vielleicht sogar die Sterne sehen könnten. Doch sie wollte lieber in ein Hotelbett. Sie war müde. Sie wollte duschen und schlafen. Gerne auch die ganze

Nacht. Als ich später im Hotelbett auf die Uhr schaute, sagte sie: Du brauchst nicht auf die Uhr zu schauen. Für Lindau ist es ohnehin zu spät. Später wollte ich den Fernseher einschalten, und sie fragte: Was soll das? Warum jetzt plötzlich fernsehen? Ich wollte nicht wirklich fernsehen, sondern nur sehen …

Was willst du sehen?

Ob es vielleicht Neuigkeiten gibt?

Welche Neuigkeiten?

Vielleicht Neuigkeiten über uns. Ob man nach uns sucht? Und was man über uns sagt?

Hannah antwortete: Lieber nicht.

Es ärgerte sie das Wort Neuigkeiten. Als ob wir die ganze Zeit nur im Bett gelegen und Fernsehen geschaut und dabei nichts erlebt hätten, außer dem Gedanken, ob es vielleicht irgendwelche Neuigkeiten gebe. So klinge das.

Später sagte sie, ich solle besser meinen Helm tragen. Selbst wenn wir gar nicht auf unseren Fahrrädern saßen, auch dann sagte sie: Bitte trage deinen Helm. Zur Sicherheit, sagte sie. Was sie damit meine, fragte ich: zur Sicherheit? Sie antwortete nicht. Oder nicht wirklich. Oder sie sagte: Man würde mich mit Helm nicht so leicht erkennen. Und das sei gut so. Also trug ich ab jetzt immer meinen Helm. Wenn wir irgendwo einkehrten, dann nur noch mit Helm, mit dem ich auf die Toilette ging und mich im Spiegel betrachtete und mich dabei

165

kaum wiedererkannte. Siehst du, sagte Hannah. Und ich setzte den Helm nicht mehr ab. Ich saß mit ihm beim Mittagessen und auch beim Abendessen, und ich trug ihn selbst dann, wenn wir in ein Hotel kamen, meinen ständigen Helm. Ich trug ihn wie aus Vergesslichkeit oder Nachlässigkeit. Oder aus Pflichtgefühl, wenn wir morgens aufstanden und in den Frühstücksraum kamen – ab jetzt nur noch mit Sonnenbrille und mit Helm. Man nahm das einfach hin: Kaffee für den Herrn mit Helm. Ein hart gekochtes Ei für den Herrn mit Helm. So nannte man mich: der Herr mit Helm. Und zu Hannah sagte man: die Dame ohne Helm. Tee für die Dame ohne Helm. Und wir sahen andere Radfahrer, die sich neben uns setzten – ebenfalls mit Helm. Andächtig nickende ältere Radfahrer mit Helm. Sie grüßten uns. Von Helm zu Helm. Und selbst wenn Hannah mich küsste, dann küsste sie mich nur noch im Helm. Sonst wollte sie mich nicht mehr küssen. Nur als wir im Bodensee miteinander schwammen, da schwamm ich an ihrer Seite, ohne meinen Helm.

Ob ich das sehen würde, sagte Hannah. Sie sah mein Gesicht in einem entfernten Fernseher. Er stand im Hintergrund einer Eisdiele. Ob ich das sehe!? Und ich drehte mich um und erschrak über mein Gesicht, und Hannah flüsterte mir zu, ich solle weniger auffällig schauen, man merke das sonst – trotz meines Helms. Wir verstanden nicht, was im Fernsehen gesagt wurde. Man sah nur das

166

Bild von mir: eine Mischung aus Krankenfoto, Fahndungsfoto, Beileidsfoto.

Hannah erzählte von einer Schulfreundin.

Welche Schulfreundin?

Eine Schulfreundin, die in ihrem Zimmer oft Kerzen angezündet hatte, bis eines Tages ein Vorhang Feuer fing und dann noch ein Vorhang und das Feuer sich in rasender Geschwindigkeit im ganzen Zimmer ausbreitete und sie das Feuer nicht mehr löschen konnte. So sehr sie es auch versuchte. Sie wollte das nicht wahrhaben. Wie so etwas möglich sein kann. Dass plötzlich ihr eigenes Zimmer Feuer fängt. Also schloss sie ihr Zimmer ab und ging aus dem Haus. So als wäre alles in bester Ordnung. Als würde es gar nicht wirklich brennen. Während das Haus in Flammen stand. Daran erinnerte Hannah das. Unsere Fahrradfahrt. Unser Zusammensein.

Wir seien zwei Zufallsgefährten, so Hannah. Und als ich enttäuscht auf dieses Wort reagierte, sagte sie: Es gebe doch kaum etwas Schöneres und Innigeres als zwei Zufallsgefährten. Zwei Zufallsgefährten auf der Flucht. Oder zwei entlaufene Schüler. So fühle sich das an. Und sie erzählte mir, dass sie als Schülerin schon einmal davongelaufen war. Sie kenne also das Gefühl. Sie war in einem Internat zur Schule gegangen und eines Tages davongelaufen. Einfach so. Ohne einen Plan, wohin sie tatsächlich gehen könnte. Sie war zu einer Bushaltestelle gelaufen und hatte einen Bus genommen und dann den

nächsten Bus und dann noch einen Bus, und so weiter –
bis sie irgendwann gefunden und wieder zurückgebracht
wurde. Man hatte sie sofort von der Schule verwiesen.
Ohne sie überhaupt zu fragen: Warum sie davongelaufen
war. Sie hätte das kaum beantworten können. Doch man
hätte sie das wenigstens fragen können. Vielleicht wäre
sie dann nie davongelaufen, wenn man sich dafür interessiert hätte, warum man aus dieser Schule möglicherweise davonlaufen könnte. Doch man fragte sie nicht.
Auch keine Frage, wie es ihr unterwegs ergangen war.
Man hatte ihr nur bedeutet: Dass das unverzeihlich sei,
sich einfach aus dem Staub zu machen. Und man verwies
sie noch am selben Tag der Schule.

Ich kaufte ihr eine Fahrradbrille und einen Fahrradhelm, damit auch sie unerkannt bleibe. Sie lachte und
küsste mich – von Helm zu Helm.

Wenn die Wahl erst einmal gewonnen sei, sagte ich,
wenn diese Wahl gewonnen sei, dann könnte ich ihr
jede beliebige Stelle beschaffen. Ich könnte sie sogar zur
Ministerin machen … Sie antwortete: Ich solle mir keine
Illusionen machen. Wenn die Wahl vorbei sei, dann würde ich nicht mehr Ministerpräsident sein. Schon Stunden nach der Wahl. Man würde mich dann sofort gegen
einen anderen austauschen. Mit größter Anteilnahme
und Ehrerbietung. Gleich einem Staatsakt. Ob mir das
nicht klar sei? Ich sei Ministerpräsident nur noch für
diese eine Wahl.

Sie schreckte auf, wenn ein Hubschrauber über uns kreiste. Der Hubschrauber, er gelte uns. Er suche niemand anderen als uns. Ich sagte ihr, dass das nur ein harmloser Hubschrauber sei. Und sie antwortete: Es gebe keine harmlosen Hubschrauber. Kein Hubschrauber fliege ohne Grund. Nicht einmal über dem Bodensee. Oder ein Polizeiauto, das auf einer Uferpromenade fuhr. Das beunruhigte sie. Warum jetzt plötzlich dieses Polizeiauto, das dort vorher nicht gewesen war. Jedes Polizeiauto, das in unsere Nähe kam, war, so Hannah, auf der Suche nach uns.

Sie fühlte sich am sichersten, wenn wir fuhren und immer weiterfuhren, und als wir zu einem Schild kamen, das nach Bregenz zeigte, 34 Kilometer nach Bregenz, da wollte sie unbedingt nach Bregenz, weil Bregenz bereits in Österreich liegt und weil Österreich ihr sicherer erschien als Deutschland. Wir fuhren unscheinbar, vielleicht sogar unsichtbar – auf Radwegen und Nebenstraßen. Wir fuhren an letzten Wahlplakaten vorbei. *Kurs halten mit Ursprung*, stand auf einem Plakat. Ursprung blickte eindringlich über den Bodensee – Richtung Schweiz. Und Hannah lachte über dieses Bild.

Wir fuhren an Zeitungsschlagzeilen vorüber. Für Momente glaubte ich, in diesen Zeilen Ursprung zu sehen. Nicht einen Ursprung, sondern viele Ursprings, in verschiedenen Größen. Ursprung, Ursprung und noch einmal Ursprung … Auf Fotos und in großen Buchstaben.

Der Kiosk war voll damit. Ich wollte anhalten und mir das anschauen, doch Hannah wollte weiter. Sie sagte: Das seien nur Bilder. Sie nannte es Sekundenbilder. Je schneller wir fuhren, desto belangloser schienen ihr diese Bilder.

Lindau, wo ich mich mit dem bayrischen Ministerpräsidenten hätte treffen sollen. Kein Wort war in Lindau von diesem Treffen zu hören oder zu lesen. Wir fuhren an Lagerhallen vorbei, an einem Strandbad, durch einen Campingplatz hindurch, über eine unscheinbare Brücke hinüber – und waren in Österreich, was Hannah erleichterte, und auch mich erleichterte, da es Hannah erleichterte. Sie sagte, als wir auf einer Uferbank saßen und Schokoladeneis aßen, wir könnten ab jetzt immer weiterfahren, wohin wir wollten. Sie wollte zum Beispiel mit der Seilbahn auf einen Berg namens Pfänder, nur um zu sehen, wie es auf der anderen Seite des Berges weitergehe. Ob man von dort aus weiterfahren könnte, vielleicht nach Wien. Hannah wollte gerne nach Wien. Doch als wir auf dem Gipfel des Pfänder standen, sahen wir nichts als Berge. Bis zum Horizont. Wohin wir auch schauten. Nur Berge. Wie hätten wir angesichts all dieser Berge je nach Wien kommen sollen.

Also nicht Wien, sondern weiterhin der Bodensee, an den wir uns gewöhnt hatten. Wir fuhren um das Ende des Sees herum und fuhren auf der gegenüberliegenden Uferseite weiter – Richtung Rhein. Sie würde gerne den

Rhein sehen, sagte Hannah. Vielleicht im Rhein sogar schwimmen gehen.

Selbst jetzt konnte man an den Zeitungskiosken noch Urspring sehen. Urspring in den verschiedensten Buchstaben und Größen. Hannah wollte davon nichts hören. Sie wollte lieber schwimmen. Oder in einer Wiese liegen. Ich sagte ihr: Vielleicht sei ich längst tot. Zumindest nach Meinung der Presse. Oder wieder im Krankenhaus. Oder entführt worden. Oder was sonst noch alles in den Zeitungen über mich stehen könnte. Dass wir das vielleicht wissen sollten. Um darauf vorbereitet zu sein. Vielleicht, sagte Hannah, und streichelte ihr Bein, so als wäre ihr Bein gar nicht ihr Bein, sondern mein Bein. Wer weiß.

Zeitungsschlagzeilen und Radionachrichten bilden die Wände der Höhle, in der wir liegen – sagte sie. Das sei die Zeile eines Gedichts. Nur dass wir in keiner Höhle lagen, sondern immer weiterfuhren. Und wir sahen auf der oberen Hälfte einer Zeitung den Satz: *Urspring doch nicht ...* Mehr war von der Schlagzeile nicht zu sehen. Wir fuhren bereits um die nächste Ecke. *Urspring doch nicht ...* irgendetwas: krank, tot, verrückt, entführt, am Leben. Wir erlebten das alles beiläufig: die Zeitungskioske, unsere Launen, unsere Badestopps ... Beiläufig überquerten wir den Rhein. Beiläufig sagte Hannah, wir seien jetzt in der Schweiz. Beiläufig schlug sie vor, nicht mehr geradeaus weiterzufahren, sondern nach links zu biegen. Links bedeutete Sargans, Chur, den Rhein hinauf, immer weiter in die Schweiz hinein. Was sie dort wolle? fragte ich sie. Sie wollte nichts Bestimmtes. Sie wollte einfach nur weiterfahren. Links und rechts sah man die ersten Berge. Sie wurden immer höher, massiver und schroffer. Ich sagte das Hannah auch, und sie antwortete: Das werde sich wieder geben.

Ob man März einfach anrufen sollte, sagte ich: Einfach anrufen, um ihm zu sagen, dass wir wohlauf sind. Nur das. Und sie antwortete: Ja, das sollten wir.

Abends im Hotel sagte sie: Es gebe keine Pflicht, die Zeitung zu lesen oder den Fernseher einzuschalten. Warum ich immerzu auf den Fernseher schielen würde. Man könne durchaus auch ohne Abendnachrichten einschlafen.

Auf der Rückseite einer Müslipackung hatte sie eine Landkarte entdeckt, eine Grobkarte der gesamten Schweiz, die sie ausgeschnitten hatte und mit sich trug. Sie stellte – mit dieser Karte auf ihrem Schoß – Überlegungen an, wohin wir fahren könnten. Ins Tessin? Oder nach Italien? Wie wir auch fahren würden, der Weg führte über furchterregende Passstraßen. Bereits jetzt waren wir von Bergen umzingelt. Hannah konnte das nicht leugnen. Also bogen wir nach links. Weil die Berge dort niedriger wirkten. Und weil der Radweg nahezu flach war. Jedenfalls fürs Erste.

Irgendwann sagte Hannah: Sie würde gerne ins Engadin fahren. Wo immer das Engadin auch liegen mochte.

172

Sie schien es zu wissen. Wenigstens in groben Zügen. Weil sie als Kind schon einmal dort gewesen war. Zusammen mit ihren Eltern. Dass es dort schön sei. Dass sie dort Freunde habe. Dass sie dort hinwolle.

Sie berechnete all das auf ihrer notdürftigen Karte. Wie wir fahren müssten, um ins Engadin zu kommen, über zwei Pässe hinüber, den Wolfgangpass und den Flüelapass. Sie maß die Entfernung mit ihrem Daumen. Wolfgangpass, das klang harmlos, wie ein gutmütiges Wesen, ein Freund namens Wolfgang. Und sie sagte, dass wir ohnehin nur noch über Berge und Pässe weiterkommen würden. Dass das unvermeidlich sei. Wohin wir auch fahren würden. Dass der Wolfgangpass harmlos sei. Dass er im Vergleich zu den anderen Pässen fast einladend wirke.

Also fuhren wir, ihrer Karte folgend, auf einer immer steiler werdenden Straße Richtung Klosters hinauf. Dass das bald besser werde, sagte sie. Doch es wurde immer schlimmer. Irgendwann schoben wir unsere Räder – über Geröllhalden hinweg. Bald war es mehr ein Heben und Ziehen als nur ein Schieben. Ob das der Radweg sei? fragte ich. Sie wusste es nicht und schaute auf ihre Karte. Wir zogen die Räder über Felsen hinweg. Sie erzählte mir: Wie tiefblau der Himmel im Engadin sei. Ein Blau, wie man es nirgendwo sonst sehen könne. Im Vergleich zu diesem Himmel sei jeder andere Himmel ein Nichts. Milchiges Gewäsch.

Wir hatten nicht einmal den Anfangspunkt des Wolfgangpasses erreicht – und schoben bereits. Wir schoben
schon seit vielen Kilometern. Doch sie zeigte nach oben.
Hoch oben sahen wir eine Brücke. Und die Umrisse
einer Straße. Bald seien wir oben – auf einer richtigen
Straße. Wir sahen auch Häuser und einen Kirchturm.
Siehst du, sagte sie. Was immer dieser Kirchturm auch
bedeuten mochte.

Er bedeutete ein paar Meter Höhe. Und ein erstes
Dorf, das zu einem nächsten Dorf führte, das uns nach
Klosters führte, ein einziges, nicht enden wollendes Berg-
dorf. Auch hier herrschte Steilheit, eine mir sinnlos er-
scheinende Steilheit, selbst der einfachsten Wege, die
immer nur nach oben führten. Hannah erfragte für uns
ein Hotel, ein Hotel ohne Fernseher und ohne Telefon.
Wir duschten und wir massierten uns. Ich fragte sie: Wie
wir das schaffen sollen? All diese Berge. Und sie antwortete: Bald würde ich kaum mehr zu sehen sein. So leicht
geworden würde ich die Anstiege emporstürmen.

Hannah fuhr voraus, ich hinterher. Hannah war ein
heller Punkt hoch oben auf einer Pass- oder Zwischen-
höhe – ich war ein anderer Punkt, der in ihre Nähe zu
kommen versuchte. Sie wartete schlafend. Oder in den
Himmel schauend. Oder winkend. Sie reichte mir einen
letzten Müsliriegel. Oder ihre Trinkflasche. Einmal schaute
sie mich an: Ob mir etwas auffalle. Mir fiel nichts auf. Ich
sei ohne Helm, sagte sie. Ich war in der Tat ohne Helm.

Ich hatte ihn bei unserer letzten Rast irgendwo vergessen. Er lag viele Kilometer unter uns. Für mich war der Helm unwiederbringlich verloren. Ich wollte weiterfahren, doch sie bestand auf diesem Helm. Es sei mein Helm. Man dürfe einen solchen Helm nicht einfach liegen lassen. Und sie stieg auf ihr Fahrrad und fuhr hinunter und holte meinen Helm. Als sie wieder bei mir war, legte sie sich zu mir und schlief – den Helm in ihrem Arm.

Sie hatte Aufmunterungen und Überraschungen parat. Auf dem Wolfgangpass sagte sie: Bitte absteigen. Ich sollte zu ihr kommen. Das sei der Wolfgangpass. Sie reichte mir ein gelbes Trikot. Sie hatte es eigens für mich gekauft. Es sei ein Trikot für alle Bezwinger des Wolfgangpasses. Und sie umarmte mich mit einer plötzlichen Heftigkeit: Jetzt sind wir oben.

In den Hotels mussten nun Meldezettel ausgefüllt werden. Ich wollte meinen Namen schreiben, da stockte ich, nach den ersten drei Buchstaben … Doch der Mann an der Rezeption, er schien zufrieden mit diesen drei Buchstaben. Urs. Grüß Gott Herr Urs, sagte er. Also hieß ich Urs. Und Hannah hieß ebenfalls Urs. Herr und Frau Urs. Im nächsten Hotel hießen wir Urskirch. Oder Trauttmansdorff. Denn Hannah hieß mit Nachnamen Trauttmansdorff. Also waren wir Herr und Frau Trauttmansdorff. Oder ich schrieb: Herr und Frau März – was Hannah wütend machte. Dass das nicht lustig sei. Dass

175

das gefährlich sei. Dass sie alles in der Welt sein wolle, nur nicht Herr und Frau März.

In einem Hotel sagte ein Kellner zum Abschied: Gute Reise noch, Herr Urs. Gefolgt von einem weiteren Kellner: Auf Wiedersehen, Herr Urs, gefolgt von einem dritten Kellner, der sagte: Schönen Tag noch, Herr Urs ... Doch eigentlich sagte er nicht Urs, sondern Urspring, sehr beiläufig nur, doch er sagte: Urspring. Es klang wie: Warum wollen Sie das länger leugnen, Urspring. Dass Sie Urspring sind. Und niemand sonst. Und ich sagte zu Hannah: Wir müssen sofort weiter, doch von dem Kellner erzählte ich ihr nichts. Ich sagte ihr nur: Wir müssen weiter! Ich zog den Helm auf und rückte meine Sonnenbrille zurecht. Später sah ich mich im Spiegelbild einer Telefonzelle, und ich klammerte mich an dieses Bild. Wie könnte mich irgendjemand in diesem Helm erkennen.

Und ich fragte mich, je weiter wir fuhren, ob ich überhaupt richtig gehört hatte? Schönen Tag noch, Herr Urspring. Ob ich nicht vielleicht etwas anderes gehört hatte. Zum Beispiel: Gute Reise noch, Herr Ursp. Und ich hörte den ganzen Vormittag den besonderen Klang in der Stimme dieses Kellners. Mal hörte ich aus der Stimme Erstaunen, unterdrücktes Erstaunen. Dann wieder Genugtuung. Als wäre ich größter Lügen überführt. Dann wieder nichts als Freundlichkeit.

Hannah fragte, was mit mir sei? Und ich antwortete: Es sei nichts. Ich sei müde. Und sie fuhr weiter. Sie sprach von der Luft des Engadin. Das sei reinste Luft. Man könne sich mit dieser Luft betrinken – während ich mich über die Autos wunderte, die uns überholten. Sie überholten anders als sonst. Mir schien es: aufmerksamer, bedächtiger, langsamer.

Vielleicht war es ein Fehler gewesen, dass ich März vor drei Tagen eine Karte geschrieben hatte. Ohne Hannah das zu sagen. Einfach nur eine Karte voller Berge und Wolken an Julius März, Staatsministerium, mit dem Satz: Uns geht es gut. Wir sind wohlauf. Vielleicht war das ein Fehler gewesen.

Ich hielt mich an die Gewissheit der Helme. Dass wir in unseren Helmen unsichtbar waren. Jedenfalls unerkennbar. Auch wenn die Helme Farben hatten, an die man sich erinnern könnte, die man weitererzählen könnte. Er rot, sie blau. Ich fragte Hannah, ob wir die Helme vielleicht tauschen sollten? Sie fand das albern. Und wir fuhren weiter.

Sie ahnte von all dem nichts. Sie wirkte sogar ruhiger als sonst. Sie hatte nur Augen für den Anstieg. Es war nicht irgendein Anstieg, sondern der Anstieg zum Flüelapass. Und sie freute sich auf diesen Pass. Weil er bereits am Horizont zu sehen war. Weil er in 2383 Meter Höhe lag. Weil sie noch nie in ihrem Leben einen solchen Pass gefahren war. Jedenfalls nicht mit dem Fahrrad. Weil sie den Namen des Passes mochte. Flüelapass. Weil auf der Rückseite des Passes das Engadin begann. Sie zeigte es mir auf ihrer Karte. Ich wollte diese Freude nicht stören. Auch weil der Anstieg zu diesem Pass leichter war als erwartet. Auch ich spürte diese Leichtigkeit. Alles schien an diesem Pass freundlich, zuvorkommend und leicht. Ich fragte sie, ob wir nun schon die Hälfte des Passes geschafft hätten? Und sie lachte auf: Nicht einmal ein Zehntel hatten wir geschafft. Sie fuhr fast ausgelassen, immer weiter voraus.

Ein Motorrad fuhr neben mir, ohne einen Grund. Auf der Rückbank eines Autos sah ich winkende Kinder. Aber auch winkende Mütter. Und irgendwann auch winkende Väter. Und ich klammerte mich an das Bild meines Helmes und meiner Unerkennbarkeit unter diesem Helm, doch dann fiel mir auf, dass mein Fahrrad in den hellsten Farben leuchtete, dass auf dem Rahmen Simonelli stand und dass der Schriftzug weithin sichtbar war. Man würde nur sagen müssen: Er fährt Simonelli. Da vorne fährt er.

Hannah war fast nicht mehr zu sehen, nur noch als unmerklicher Punkt, weit über mir, und ich dachte daran, abzusteigen und sie allein weiterfahren zu lassen. Ihr zuliebe. Doch ich fuhr weiter, obgleich es besser gewesen wäre, das Fahrrad irgendwo abzustellen und zu verstecken. Wenigstens den Schriftzug notdürftig abzudecken. Wenigstens das.

Sind Sie Herr Urspring? Von Helm zu Helm wurde das gefragt. Von Motorradhelm zu Fahrradhelm. Sind Sie Doktor Urspring? Ich fuhr weiter, so gut es ging.

178

Ohne mich umzudrehen. Oder mir etwas anmerken zu lassen. Ich sei doch Doktor Urspring? Wenn ich nicht Doktor Urspring sei, dann könnte ich das ja offen sagen. Indem ich beispielsweise anhalte. Und mich zu erkennen gebe. Ein zweites Motorrad fuhr an mich heran. Es fuhr so dicht zu mir, als käme es mir zur Hilfe. Als wollte es das erste Motorrad verscheuchen. Auf diesem Motorrad saß ein Kameramann. Er filmte mich. Ohne den Namen Urspring zu sagen. Ohne irgendetwas zu sagen. Er filmte: von der Seite, von hinten, von vorne. Er filmte in jedem Fall, ob ich nun Urspring war oder nicht. Er filmte minutenlang. Als hätte er alle Zeit der Welt, und er hatte alle Zeit der Welt, denn die Passstraße, sie ging noch lang. Ich hätte anhalten und absteigen können, doch man hätte mich festgehalten und umlagert. Also fuhr ich weiter. Denn solange ich weiterfuhr, hatte ich noch ein Fahrrad, auf dem ich sitzen und fahren und schalten konnte …

Und das erste Motorrad fuhr wieder an meine Seite: Herr Urspring. Es sei anmaßend zu leugnen, dass ich Urspring sei. Die Öffentlichkeit habe ein Recht. Ein Recht zu wissen, ein Recht zu erfahren, ein Recht zu hören, ein Recht zu sehen … Und ich erinnerte mich an eine Bemerkung von März, der einmal gesagt hatte: Niemals mit Journalisten zu reden, ohne eine Tür in der Nähe zu haben, durch die man gehen kann, ohne einen notdürftigen Raum zu wissen, in den man treten kann … Es gab weit

179

und breit keine Tür. Es gab weit und breit kein Haus.
Oder einen Raum. Nur Autos und Motorräder, die sich
um mich scharten, mit Mikrophonen, Kameras und sich
überschlagenden Fragen: Was mit mir sei? Wohin ich
fahren würde? Was ich hier wolle? Doch diese Fragen,
sie wirkten plötzlich kleinlaut und immer geduckter im
Lärm eines Hubschraubers. Zunächst war er nur ein ent-
ferntes Brummen. Später ein helltöniges Umkreisen. Ein
Einkreisen. Schließlich ein unablässiges Schweben. Direkt
über uns. Ein nicht mehr Ablassen. Das ist er! Da fährt
er! Seht nur! Wie er fährt! Sie erfahren das nun alles: *live.*

Der Hubschrauber bewegte sich nur noch meterweise.
So wie ich mich nur noch meterweise bewegte. Weil ich
kaum mehr fuhr, sondern mich wand. Sehen Sie nur! Er
fährt nicht, er windet sich nach oben. Man sieht es deutlich. Man sieht es im Lärm eines aufbrausenden Hubschraubers, der in aller Eindringlichkeit darauf besteht:
Wen man hier sieht. Herr Ursprung ist es, den man sieht.

Herr Ursprung, hörte ich es rufen. Es rief aus einem
Auto heraus. Das Auto hatte ein offenes Verdeck. Immer
mehr Autos kamen hinzu mit offenem Verdeck. Die
Rückbänke sahen aus wie Theatersitze. Man saß dort
mit ausgebreiteten Armen. Und wehenden Haaren. Oder
Kopftüchern. Im Fahrtwind. In die Sonne blinzelnd. Oder
zu mir rüberschauend. Herr Ursprung. Bitte, Herr Ursprung. Fotografierend oder telefonierend. Beteuernd und
gestikulierend. Oder alles zusammen. Der Blick auf mich

gerichtet, dann wieder der Blick auf die Berge. Herr Ur-
spring! Und es hupten sich die Autos aus dem Weg.
Oder drängten sich zur Seite. Autos mit heruntergelas-
senen Fensterscheiben. Herr Urspring! Verdrängt von
Autos mit offenem Verdeck. Herr Urspring! Sich vor-
beugende Fragen. Oder sich aus dem Fenster lehnende
Fragen. Oder sich zurücklehnende Fragen. Herr Urspring!
Dies ging eine Ewigkeit, denn der Berg war endlos lang.
Meter für Meter. Kurve für Kurve. Begleitet von Rufen
und Fragen. Und Blicken. Und Mutmaßungen. Und
Gegenmutmaßungen. Und letzten Serpentinen, die zu
der Passhöhe führten. Und ich fuhr einfach nach rechts,
auf die alte Passstraße. Sie war für Autos gesperrt. Und
ich war plötzlich ohne Autos. Nur noch einige wenige
Motorräder folgten. Doch war die alte Passstraße wie
eine Rettung. Eine Stille und Abgeschiedenheit, trotz
des Hubschraubers, an den ich mich gewöhnt hatte. Und
dann war Hannah an meiner Seite. Sie fuhr hinter einem
Felsstück hervor. Sie sagte nichts. Sie fuhr einfach an
meiner Seite. Als wäre nicht viel geschehen. Und wir sahen ein Schild, auf dem Engadin stand. Auf Deutsch
und auf Rätoromanisch. Engiadina. Als ob jetzt alles
anders werden könnte. So sah das aus. Wie ein neues
Land. Mit einer eigenen Sprache. Und anderen Menschen. Und ich begann Hannah ein wenig zu verstehen.
Warum sie gerade hierher wollte. Ich begann das zu verstehen. Es ging nicht mehr bergauf, sondern schon ein

wenig hinab. Ohne wirklich steil nach unten zu gehen. Die ersten Meter im Engadin. Auf der alten Passstraße, die uns diese Meter ermöglichte. *Exclus cum permis*, stand auf einem Schild. Und ich glaubte den Sinn dieses Schildes zu verstehen. Für Autos und Motorräder verboten. Außer mit Genehmigung. *Exclus cum permis.* Und ich freute mich, das verstehen zu können. Und als die alte Passstraße plötzlich aufhörte, weil sie in die neue Passstraße einmündete, da hätten wir umkehren sollen, um noch ein wenig auf der alten Passstraße zu verweilen, wenigstens ein bisschen – doch wir fuhren weiter. Und Hannah erhöhte das Tempo. Über uns sah man bereits die vielen Autos und Motorräder, die uns folgten. Doch hatten wir einen kleinen Vorsprung. Ein paar wenige, freie, ungestörte hundert Meter: der Blicke auf die Berge und auf uns. Ungebremst. Eine lange Gerade hinab. Fast fliegend. Und für einen kurzen Moment schaute Hannah mich an. Als würde sie sagen: Wir sollten bremsen. Doch sie bremste nicht. Und auch ich bremste nicht. Denn die Straße wirkte gerade. Und die Tiefe weiter vorne schien allgemein. Eine Tiefe, die aus Wiesen und weicher Luft bestand. Und als die Straße eine Kurve machte, fuhren wir geradeaus weiter …

Das Blau des Himmels, von dem Hannah gesprochen hatte. Ich sah noch dieses besondere Blau – für einige wenige fliegende Sekunden. Und selbst als dieses Blau fortging, oder ich von diesem Blau fortgebracht wurde, sah ich noch Andeutungen dieses Blaus. Ich sah es im Hubschrauber, der mich fortflog, in eine tiefere Gegend. Ich sah es Meter für Meter schwinden. Trotzdem war es immer noch zu erahnen, und ich verstand dieses Blau nun besser. Lange Zeit trug ich es in mir. Oder mit mir. Trotz aller Lampen. Und weißgestrichener Wände. Und farbloser Zimmerdecken.

Diesmal wusste ich, was ein Sonntag ist. Obgleich man mich gar nicht danach fragte. Man fragte nach anderen Dingen, die mich nicht interessierten. Ich hoffte auf ein Gesicht wie das von Frau Wolkenbauer. Ich hoffte auf ihre Stimme und ihre Fragen. Welchen Tag wir haben? Oder die PIN-Nummer meiner Scheckkarten. Ich hätte ihr das sagen können. Ohne Weiteres. Doch von Frau Wolkenbauer war keine Rede. Auch nicht von Hannah. Ich tastete vergeblich nach ihrer Hand. Im Wechsel von Licht und Dunkelheit. Schlafwachen und Wachschlafen. Tage vergingen hier wie Wochen. Oder vielleicht auch umgekehrt. Bis ich eine Stimme hörte, die ich sogleich erkannte, die Stimme von März. Als wäre sie nie weg gewesen. Er sprach über mein Bett hinweg und in mein Bett hinein. Er sagte: Heijeijei. Dann saß er wieder, stundenlang. Er saß, wenn ich einschlief. Und er saß, wenn ich aufwachte. Ich fragte ihn nach dem Wahlkampf. Und für einen Moment drückte er meine Hand. Der Wahlkampf. Ich solle mir darüber keine Gedanken machen.

Er zeigte auf Blumensträuße. Sie standen auf dem Nachttisch und auf anderen Tischen. Später sagte er: Es seien siebenundzwanzig Blumensträuße. Und es kamen immer weitere Sträuße hinzu. Er zählte sie regelmäßig. Bald waren es über dreißig Sträuße. Blumensträuße über Blumensträuße. Dazu Genesungspostkarten und Genesungsbriefe. Manchen Brief las er mir vor. Was ich dazu sagen würde? Zu diesem oder jenem Brief, den er mir vorlas. Ob ich mich freuen würde? Sogar meine Frau hatte mir geschrieben. Er legte ihren Brief auf mein Kopfkissen …

Er war nicht verärgert. Er machte keine Vorwürfe. Er atmete tief. Er betupfte seine Stirn. Manchmal schien es, als wäre März es gewesen, der einen Unfall gehabt hatte. Und *er* wäre es nun, der jeden Tag wieder zu Kräften kommt. Es geht ihm langsam besser. Er ist fast schon wieder der Alte, hätte ich gerne zu Hannah gesagt. März zählte Blumen. Und Postkarten, die er auf mein Kissen legte. Einmal sagte er versehentlich Postkissen statt Kopfkissen. Ob er mein Postkissen lüften solle. Dann ging er wieder ans Telefon, in das er nun immer öfter sprach. Er sagte: Es sei alles nicht so schlimm, wie man zunächst befürchtet habe. Er meinte mich und meine Verletzungen. Keine Kopfverletzungen. Er sagte das beschwörend. Als säßen im Zimmer noch Menschen, die das bezweifeln könnten. Keine Kopfverletzungen! Stattdessen nur einige wenige allgemeine Verletzungen. Ich sei im hiesigen Kantonshospital in besten Händen. Ich würde täglich Fortschritte machen. Man könne sogar bald daran denken, mich nach Deutschland zu verlegen. Von hier in Chur nach Heiligenberg. Falls ich das wünschte.

Welch unglaubliches Glück ich gehabt hätte, sagte März. Er nannte immer weitere Belege und Zahlen. Zum Beispiel Meterzahlen. Meter, die ich geflogen war. In die Tiefe und in die Weite. Meter für Meter, die man mich auf einer Trage hochgetragen hatte. Meter und Minuten, die man mich geflogen hatte. Meter an Blumen und Briefen. Sowie Prozentzahlen, die ich nun wieder hörte. Prozentzahlen an Betroffenheit und an Mitgefühl. Ein Jetzt-erst-recht-Gefühl. Sehr gute Umfrageergebnisse, ja selbst hier in der Schweiz. Sogar hier könnte ich nun Wahlen gewinnen, so März, der in immer schnelleren Sätzen sprach. In Deutschland sei die Zustimmung gewaltig. Die Antworten auf die Sonntagsfrage – nur noch wohlwollende, sich geradezu überschlagende Antworten.

Dass der Wahltermin in drei Wochen sei, so März. Dass man nun keine Fehler mehr machen dürfe. Dass es die neuesten Zahlen zu bewahren gelte. Dass ich keine öffentlichen Wahlkampfauftritte mehr machen müsse. Dass das nicht nötig sei. Vielleicht nicht einmal geboten. Dass ich erst einmal wieder gesund werden solle. Nur das sei wichtig. Dass ich sechs Wochen nach der Wahl meine

Amtsgeschäfte wieder aufnehmen würde. Sobald der Landtag sich neu konstituiert habe. Und ich von den Abgeordneten wieder zum Ministerpräsidenten gewählt worden sei. Woran es keine Zweifel gebe …

Ich wollte Hannah sehen.

Dass ich dann meine Amtsgeschäfte wieder aufnehmen und wieder Politik machen würde, so März am Telefon, so März im Fernsehen, so März zu mir, so März zu den Ärzten …

Ich fragte nach Hannah, und er sagte, Hannah sei tot, und das sei schrecklich. Und er ließ mich allein. Und er kam wieder und fragte: Ob er einen Arzt rufen solle. Oder er irgendetwas für mich tun könne.

Ich schaute Fernsehen, und ich sah die Straße, auf der Hannah und ich gefahren waren, und ich sah die Kurve, um die wir nicht herumgefahren waren, und ich sah den Abhang, in den wir geradewegs hineingefahren waren … Und ich sah unsere Fahrräder, die verstreut auf einem letzten Stück Wiese lagen – kurz vor einem Abgrund. Erst entdeckte ich mein Rad, dann Hannahs Rad. Ich sah, wie ein Feuerwehrmann Hannahs Rad behutsam nach oben trug. Meter für Meter. Und ich dankte diesem Mann dafür, wie behutsam er dieses Fahrrad berührte und trug.

Und ich dachte daran, wie Hannah selbst manchmal ihr Fahrrad berührte und trug. Und wie sie auch mein Fahrrad in manchen Momenten berührte und trug. Wenn wir zusammen in einer Rast saßen und sie mit ihrer Hand einen Reifen betastete. Oder wenn sie sich neben mein Fahrrad legte und dann einschlief – mit einer kleinen Berührung: ihrer Hand, ihres Haars, ihres Arms …

Von meinem Bett aus sah ich die Berge. Noch einen letzten Rest von Bergen – bevor ein Arzt kam und über Erinnerungen sprechen wollte. Nicht so sehr über Erinnerungen, die ich hatte, als über Erinnerungen, die ich nicht mehr hatte. Und ich sagte ihm, dass mich diese Erinnerungen nicht interessieren. Sie seien langweilig und belanglos, die Erinnerungen, die ich nicht mehr hatte. Ich sagte ihm: Es interessieren mich nur noch die Erinnerungen, die ich habe. Nur diese Erinnerungen interessieren mich. Es interessieren mich meine Erinnerungen an Hannah. Diese Erinnerungen interessieren mich.

Ich lag Tag und Nacht mit ihnen.

Ich fragte März nach einem Foto von Hannah, und er sagte, er werde sich darum kümmern. Er werde sicher irgendwie und irgendwo ein Foto von ihr beschaffen können. Wenn mir das so wichtig sei. Ja, es ist mir wichtig, sagte ich. Doch er sprach nie wieder von diesem Foto. Und auch ich sprach nicht mehr von ihm.

Manchmal hörte ich einzelne Bemerkungen von ihr. Was das Wort Utopie bedeute? Es bedeute noch nicht, doch nicht und nicht mehr. Deshalb hatte sie immer weiter gewollt. Deshalb hatte sie gar nicht mehr absteigen wollen. Noch nicht, doch nicht, nicht mehr.

Manche Sätze sagte sie mit einer Selbstverständlichkeit, so als würde sie noch neben mir liegen.

Wie soll man das nennen, hatte Hannah einmal gefragt. Wie soll man das nennen, was wir gemacht haben. Und ich hörte das Wort Ausflug. Wir machen einen Ausflug – und ich erschrak über das Wort Flug.

Dann sollten wir uns auf den Weg machen. Zu unserem Hubschrauber, der auf dem Dach der Klinik wartete und der uns nach Deutschland fliegen würde. Zurück in die Politik. Zurück in den Wahlkampf. Es sei, so März, höchste Zeit. Als ich die ersten Meter zum Aufzug ging, bemerkte er, dass ich kaum mehr hinken würde. Ich nickte. Ich hatte das schon während der letzten Tage mit Hannah gemerkt, dass ich immer weniger hinkte. Und März schaute mich dankbar an und sagte: Er freue sich darüber.

Der Autor dankt dem Förderkreis deutscher Schriftsteller in Baden-Württemberg für die Unterstützung der Arbeit an diesem Buch sowie Gisela Merker, Michael Raffel, Hermann Seilacher und Petra Wägenbaur für die kritisch-freundliche Durchsicht des Manuskripts.

© 2010 Klöpfer und Meyer, Tübingen.
Alle Rechte vorbehalten.
ISBN 978-3-940086-83-9

Lektorat: Petra Wägenbaur, Tübingen.
Umschlaggestaltung: Christiane Hemmerich
Konzeption und Gestaltung, Tübingen.
Herstellung: Horst Schmid, Mössingen.
Satz: CompArt, Mössingen.
Druck und Einband: Pustet, Regensburg.

Mehr über das Verlagsprogramm von Klöpfer&Meyer
finden Sie unter *www.kloepfer-meyer.de*